도둑견습

아시아에서는 《바이링궐 에디션 한국 대표 소설》을 기획하여 한국의 우수한 문학을 주제별로 엄선해 국내외 독자들에게 소개합니다. 이 기획은 국내외 우수한 번역가들이 참여하여 원작의 품격을 최대한 살렸습니다. 문학을 통해 아시아의 정체성과 가치를 살피는 데 주력해 온 아시아는 한국인의 삶을 넓고 깊게 이해하는 데 이 기획이 기여하기를 기대합니다.

Asia Publishers presents some of the very best modern Korean literature to readers worldwide through its new Korean literature series 〈Bilingual Edition Modern Korean Literature〉. We are proud and happy to offer it in the most authoritative translation by renowned translators of Korean literature. We hope that this series helps to build solid bridges between citizens of the world and Koreans through a rich in-depth understanding of Korea.

바이링궐 에디션 한국 대표 소설 061

Bi-lingual Edition Modern Korean Literature 061

Robbery Training

김주영
도둑견습

Kim Joo-young

ASIA
PUBLISHERS

Contents

도둑견습

Robbery Training

그 돼먹잖은 의붓아버지란 작자는, 초저녁부터 어머니와 흘레붙기를 잘하였습니다.

양잿물로 절인 김치를 준대도, 먹고 삭일 수 있을 만큼 먹새가 좋은 나는, 초저녁잠이라면 도둑놈이 와서 뱃구레를 밟는대도 모를 지경입니다. 밥을 한 입 문 채 그대로 잠으로 떨어진 적이 한두 번이 아닐 만큼 나의 초저녁잠은 거의 운명적이라 할 수 있겠습니다. 이런 내 잠을 그 두 사람이 곧잘 깨워 내곤 하였으니깐요.

여름날 저녁, 고릴라의 그것에 버금가는 큰 골통에 이글거리는 외짝 눈깔이 박힌 괴물이 날이 시퍼렇게 살아 있는 톱으로 내 모가지를 썰어대는 무시무시한 꿈 때문

My goddamn idiot of a stepfather couldn't even wait for the evening to mellow to get it on with my mother. I was starving enough to choke down a wad of *kimchi* burning with a mouthful of lye, and then I fell into a deep sleep afterwards even though it was still early in the evening. I seemed to have a special predisposition to pass out at that time of day because I'd often nod off with rice still in my mouth. You'd think it was too early for them to wake me up.

에 디립다 비명을 내지르고 깨어나는 수가 많습니다.

　나로 말하면 예수님처럼 사랑해주어야 할 원수 놈이
고 자시고 할 주제도 못 되는 푼수에 그런 지랄 같은 꿈
을 왜 밤마다 꾸어야 하는지 정말 이건 자다가 깨어나
도 모를 지경이었습니다. 그런 꿈에서 깨어보면 십중팔
구는 실제로 모가지가 쓰리고 아팠습니다.

　더운 때라서 어머니와 의붓아버지와 나는 보통 풀기
가 깔깔한 홑이불을 함께 덮고 자는 게 예사였는데, 그
놈의 풀멕인 홑이불 한쪽 귀퉁이가 내 목덜미를 쉴 새
없이 문지르고 있어 결국 내 모가지가 쓰려오게 되고
그래서 잠이 깨어보면, 싸가지없는 어머니가 의붓아버
지 가슴 위에 올라가서 맷돌치기를 하고 있기 십상이었
습니다. 나는 처음에, 달밤의 유난체조라는 게 바로 저
런 거로구나 싶어 두 사람의 동작을 실눈을 뜨고 누워
바라보고 있었지요. 물론 어스름 달빛이, 열린 채로인
문을 통하여 방 안으로 밀려들고 있었기 때문에 의붓아
버지의 가슴 위에서 껍쭉대는 어머니의 윤곽이 뚜렷이
드러나 보였습니다. 그들은 내가 실눈을 뜨고 보고 있
는 것을 아는지 모르는지 키들키들 웃음을 쥐어짜면서
체조를 열심히 씨루어 대는 것이었습니다. 그들은 같은

On those evenings, I'd wake up screaming like mad from dreams of one-eyed monsters with huge grizzly heads sawing off my neck.

I had no idea why I'd be visited by gruesome dreams like these because I wasn't even anybody's enemy who would deserve Jesus Christ's love. Nine times out of ten, I'd wake up with my neck sore.

It was hot and sultry so the three of us shared a single starched sheet, which was stiff enough to hurt my neck from the constant rubbing. Upon waking, I'd usually find my shameless mother gyrating like a millstone on top of my stepfather. At first, I watched them from the corner of my eye thinking it was some kind of evening calisthenics. The door was ajar, letting the moonlight in, so I could clearly see my mother's silhouette moving on top of him. They were so caught up in the act, trying to suppress their laughter, they didn't even notice me watching. Their laughter was thick with some sort of untold pleasure, stirred up by the

동작을 열심히 되풀이하면서 징글맞은 쾌감이 배어 있는 웃음을 토해 냈습니다. 모든 힘과 열기를 오직 그 과정의 일에만 집중시켜 탕진하고 있었습니다.

그러나 홑이불이 들썩거리는 통에 모가지가 쓰라려 도대체 배겨낼 재주가 없었습니다. 무슨 놈의 장난을 하필이면 이 밤중을 골라서 저러고 있는지 이해할 수가 없었습니다. 벌떡 일어나버릴 수도 없고 그렇다고 참고 견디자니 그놈의 유난체조가 언제나 끝장이 나줄지 모를 일이 아니겠습니까. 참 이 무슨 기구한 운명의 장난이란 말입니까. 그러나 그때 다급한 어머니의 목소리가 들려왔습니다.

「여봇, 좋지 그치? 기분 좋지? 대답혀.」

어머니는 의붓아버지에게 기분이 좋으냐고 몇 번이고 족쳐대며 되묻고 있었지만, 의붓아버지는 소 죽은 넋이라도 덮어 씌었는지 아가리를 두고 말을 않고 있었습니다. 나 또한 다급하긴 마찬가지로 이대로 조금만 더 오래가다 보면, 내 모가지가 성한 채로 아침까지 가긴 글렀겠으므로,

「이 새캬, 기분 좋다고 칵 뱉어 뿌러. 내 모가지 작살내고 말 텨?」

movement of their bodies. All of their energies seemed to be focused on the act.

My neck burned from the nonstop sawing of the starched sheet. I couldn't fathom why they had to do their business early in the evening. I didn't want to interrupt them, but I couldn't just lie there, not knowing when their acrobatics would end. I was ruing my predicament when I heard my mother's husky voice: "That's good, huh, baby? Tell me it's good, tell me!"

She kept pushing him to tell her how he felt, but he seemed to have become mute, like he'd been possessed by the ghost of some dumb animal. I had to do something before they sawed my neck off completely.

"Just say it's good, you bastard! You wanna cut my head off?"

I bolted upright and my mother toppled back-

내가 느닷없이 버럭 소리치고 일어나 앉아버렸으므로 어머니는 너무 놀란 나머지 썩은 통나무처럼 뒤로 벌렁 나자빠지고 말더군요. 그들이 너무나 당황하는 꼬라지라서 미안도 하였지만, 우선 끊어지려다 만 듯한 내 목덜미를 어루만지며 앉아 있을 수밖에 없었습니다.

어머니는 아무 말 않고 주섬주섬 옷들을 찾아 입는 눈치였습니다. 의붓아버지란 작자는 그제사 배를 척 깔고 엎디더니 성냥을 득득 그어 담배 한 가치를 빨아 무는 것이었습니다.

방 아래로 쥐들이 찍찍거리면서 어디론가 쭈르르 몰려가고 있었습니다. 골목 어귀에서 짬뽕통이라도 한 개 발견한 모양이지요.

연기를 한 모금 쭉 빨아 심킨 의붓아버지란 작자가 트릿한 목소리로 어머니에게 한마디 쏘아붙였습니다.

「저 자슥이 시방 날 보구 이 새끼 저 새끼 하던 말 니 들었지이!」

들었으면 워쩔 테고 못 들었으면 사람 잡을 테냐고, 네가 무슨 순경 할애비라도 되느냐고 따져 묻고 싶었지만, 나는 가만있었습니다. 무엇보다 어머니 입에서 무슨 대답이 나오실까 싶어 더 궁금할 따름이었습니다.

wards like an old log falling off a pile of lumber. I felt a bit sorry for spoiling their fun, but I had to think about my neck.

My mom put her clothes back on wordlessly, while my stepfather rolled over on his belly and lit a cigarette. You could hear the rats fleeing the room, probably catching the scent of dinner in the alley.

He pulled at his cigarette and grumbled, his voice husky, "You heard him call me a bastard or whatever!"

I wanted to ask him what he was going to do about it—did he have a grandson in the police force to send after me? But I held my tongue. I was curious as to what my mom would say. She didn't answer right away, merely heaving a sigh.

"It's all my fault," she said finally. She crouched on all fours and lay slumped on the floor like a dead stingray.

My stepfather seemed chastened that she hadn't come to his rescue.

"What a nosy little rat," he grumbled. He bunched

그러나 어머니는 얼른 대답을 못 하고 숨 한 번 땅 꺼지도록 내쉬더니,

「내 못난 탓이오.」

딱 한마디 내뱉고는 위쪽으로 엉금엉금 기어가선, 내장 따놓은 가오리 모양으로 네 활개 쫙 뻗고 발랑 누워버리더군요. 어머니 입에서 별 신통한 대답을 못 들은 의붓아버지는 다소 머쓱해진 어투로,「쥐 불알만 한 것이 별 훼방을 다 놓네, 끝장엔」하고 제것도 아닌 홑이불을 사타구니에 뚤뚤 말아 끼고는 모퉁잽이로 누워버립디다. 참 더럽고 치사해서 말이 막히고 숨이 막히더군요. 당장 시비를 걸고 싶었지만 참았지 뭡니까.

죽은 듯이 누워 있던 어머니가 그때 착 가라앉은 목소리로 말했습니다.

「이따 새로 해보지 뭐.」

그러니까 의붓아버지가 잔뜩 볼멘소리로「이년아! 잠은 안 자고 그것만 하고 밤새울 텨? 씨팔」하더군요.

자기도 우리 집에 빌붙어 사는 주제에 죄 없는 우리 엄마를 들추어 이년 저년 똥강아지 부르듯 하는 데는 참으로 심통나 못 견딜 지경이더군요. 자기가 그렇게 못마땅한 일이 많다면 조막손이 아닌 바에야 방을 따로

16

the single sheet between his thighs as he turned to his side. I seethed with anger and thought of challenging him, but I managed to keep myself in check. My mother, probably thinking I'd fallen back asleep, whispered, "We can do it again later."

"Bitch, is that all you ever think about? Don't you want to get some sleep? Shit," he spat out.

The bastard. How dare he call my mother names, living off us like this? If he wasn't happy, he could find himself another place to live, or, at least get me one. That is, unless he really was as useless as he seemed.

Witless, that's what he was. All he had was brawn, and he displayed it proudly.

The place the three of us shared was an old minibus in a junkyard.

The yard supervisor, Mr. Choe, had mortgaged it to us ever since my mother spent a night with him. Meanwhile my real father, who later died of alcohol, looked the other way.

꾸며서 그리로 썩 비키든지 나를 그곳으로 보내주든지 하면 될 텐데 말입니다. 그런 꿍수도 없는 으바리가 골대 하나는 살아서 발광이지 뭡니까.

하긴 시방 우리 세 식구가 기거하고 있는 이 방이란 것도 사실은 별것 아닌 '마이크로버스'라는 거지요.

오방지게 쐬주만 들이켜다 죽은 우리 아버지가 이 폐품 집적소 수납실의 최씨한테 적선 사정을 일주일이나 끌어온 끝에, 어머니가 최씨와 같이 여인숙에 가서 한 번 같이 자는 것을 아버지가 눈감아준다는 조건으로 여기 들어와 살게 되었습니다.

우리 어머니도 지조 없기로는 봉사 지팡이지 뭡니까.

마이크로버스라는 게 뭔지 잘 모르지만, 버스보다는 작고 택시보다는 훨씬 큰 그런 버스가 옛날에는 청량리로, 미아리로, 왕십리로, 중랑천으로, 마포로, 노량진으로, 잔솔밭에 노루 새끼 뛰듯 왈가닥거리며 누비고 다녔다지 뭡니까. 우리 집적소 안에 그런 버스 차체가 아직 남아 있어 한 식구가 살고 있다면, 아마 사람들은 많이도 놀라겠지요. 그래도 우리 집은 썩어 찌든 곳도 있지만 네 바퀴가 아직 온전히 달려 있어서 언젠가는 한 번 이 차가 서울 시가지 한복판을 향해 와르륵 달려나

My mother was no more than a blind person's cane.

I knew little about automobiles, but this one was smaller than a bus and much larger than a taxi. I could imagine it plying the streets of Cheong-nyangni, Miari, Wangsipni, Jungrangcheon, Mapo, and Noryangjin, like a young deer running in a field of juvenile pine trees.

I didn't think anyone would guess that a family could live in that old minibus, in a junkyard at that. It was rusted through in places, but its four wheels were still intact and I harbored the secret wish to drive it through the streets of downtown Seoul someday.

Whatever, it was a step up from the shanty we used to live in on top of Daebang-dong. At least here we didn't have to worry about the roof getting blown off, even if a typhoon stronger than Ty-phoon Sarah swept through the city. Living in a junkyard, we didn't have to worry about lowly ward officials with their little armbands putting on airs and barging into our homes to evict us. We didn't

19

갈 수 있으리라는 희망은 갖고 있습니다.

그래도 옛날 대방동 꼭대기에서 살던 판잣집보다는 훨씬 윗질입니다. 사라호 할배가 불어 닥친대도 루핑 자락이 날아갈 염려도 없고 집적소 안이라 퇴거령이다, 도시 계획이다 해서 완장을 찬 구청 말짜들이 들이닥쳐서 거드름 피우는 꼬라지도 없고, 장마에 벽 무너질 격정도 없어 다 좋은데 이렇게 무더운 여름날엔 방 안에 들어서면 목구멍에 수세미 뭉치를 틀어박는 듯 숨통이 막히고 등줄기가 벗겨질 듯 더운 데는 미치고 환장할 노릇입니다. 더욱이나 서울 천지의 냄새란 냄새는 전부 이곳으로 왕창 몰다 놓아선지 들썩거리는 냄새 때문에 여름 한철 아새끼 숨만 겨우 붙어 있을 뿐입니다.

우리 집구석엔 '악당 파리와 모기를 지옥으로 보내는 에프킬라'도 없어서 그것들이 심지어는 내 사타구니에까지 기어 들어와서 피를 빨아대는 극성을 피우는 데다가, 나잇살이나 처먹었다는 어른들이 천사와 같은 어린 나를 옆에 두고 밤마다 거르는 법 없이 그 짓들이니 글쎄 난들 신경질 안 났다 하면 그건 곰 새끼지요. 하여간 그런 일이 있은 후부터 그들은 체조를 시작하기 전에 어머니 편에서,

have to worry about walls caving in on us during the monsoons. The downside was, it got so hot inside on summer days like these, your mouth and throat felt so devoid of moisture it seemed like a sponge had been rammed down your throat. The heat drove you mad; it scalded your back. To top it all off, this was the last stop of Seoul's assorted odors, and the stench they gave off at the height of summer made breathing all but impossible.

Nor could we afford insecticides like F-Killer in this bloody place, so flies and mosquitos would crawl inside my shorts and feast on my blood. Not to mention the stupid grownups, who should've known better but couldn't let an evening pass without doing it right next to me, poor innocent child that I am. Anyone who can shrug off misery like this must be some sort of monster, not human.

Since that evening I caught them, my mother started checking on me before they'd go at it.

"Let's see if this bastard Won-su is asleep," she'd

「이 원수덩어리가 자나 안 자나 보고 합시다.」

어쩌구저쩌구 하며 바로 내 눈두덩 앞에 바싹 갖다 댄 손가락을 야바위판 돌리듯 팽글팽글 돌려대는 것이 었습니다. 나는 그때마다, 「손 치웟, 사람 눈알 까고 말 텨?」하고 바락 소리치곤 합니다.

「이 원수덩어리는 퍼뜩 죽지도 않네!」

픽 한숨 내뿜으며 어머니는 힘없이 돌아눕고 만답니다. 그래도 나 역시 인생이긴 하다고 말씀 던질 때마다 내 이름 석 자는 안 잊고 이원수(李源洙)라고 꼭꼭 불러 주는 인정이야 어머니께 있습지요.

나는 그런 어머니가 점점 상대하기 싫어졌습니다. 옛날 우리 아버지 이점득(李點得) 씨가 살아 있었다면 적어도 그런 식으로는 나를 몰아붙일 수 없겠기 때문 입니다.

의붓아버지만 해도 그렇습니다. 다른 사람들처럼 윤 이 자르르 흐르는 밤색 양복으로 착 뽑고 거북선 담배 를 빼물면서 금멕기한 송곳니를 들어 싸악 웃는다든지, 캉가루 표 지갑을 열고 5백 원권을 쑥 낚아채서 샤니 빵 이나 왕사탕이라도 사 먹으라고 할 수 있는 주제라 도 된다면 하루에도 골백번을 좋다 하고 아버지라고 불러

22

say, moving her hands in front of my eyelids like she were shuffling mahjong tiles.

"Back off, will you! You're trying to blind me or what?" I'd wave her hands away.

"Bastard, you're not gonna die soon, are you?" she'd sigh as she turned away and lay down. But I knew she loved me when she'd call me by my good name, Lee Won-su, from time to time.

Still, I decided to give her a wide berth. My real father, Lee Jeom-deuk, would not treat me like that if he were alive.

My stepfather was another problem. If only he wore a smart brown suit, flashed a gold-capped tooth when he smiled, put a cigarette between his lips, and had a Kangaroo wallet that he could pull 500 *won* out for me to buy a Shany bread or King candy like other fathers. Then I wouldn't hesitate to call him Father; I'd even call him Father a hundred times a day.

But he didn't have a dime on him. He was com-

줄 수 있겠지만 이건 순 알거지더란 말입니다. 우악스럽게 손아귀에 끼고 있는 쇠가위 소리를 한번 신명나게 절그럭거릴 줄 아는 것 이외는 아무짝에도 쓸모없는 인생이더란 것입니다.

그것도 허구많은 세종로, 태평로, 충무로 같은 탄탄대로로는 아예 다닐 입장이 못 되고 이건 두더지 삼신을 뒤집어쓰고 태어났는지 시궁창 냄새가 계통 없이 물씬거리는 양창자 같은 골목길만 골라서 기를 쓰고 쏘다니며 '사이다 병, 콜라 병, 헌 신문, 고물 양재기 삽시다아' 하는 똑같은 언문을 하루에도 수천 번을 되뇌며 주접떨고 다니는 고물 장수 주제이고 보니 내가 어찌 그 사람을 두고 아버지라 이름 할 수 있겠느냐 말입니다.

그리하고 다니면서 온종일 만나는 대폿집은 거르지 않고 들락거려 오줌은 또 열 걸음마다 한 번씩 갈겨대는 것이었습니다. 말이 났으니 이야긴데 다른 건 몰라도 우리 의붓아버지 그 좃 하나는 정말 왔다였습니다. 그를 따라다니다가 오줌 눌 때 한 번 훔쳐봤는데, 나는 맨 처음 저 사람이 웬 19문짜리 왕자표 흑고무신을 바짓가랭이 속에서 꺼내는가 싶어 자세히 봤더니 그 고무신 코에서 허연 오줌 줄기가 뻗지 뭡니까. 난 참 아찔하

pletely worthless and had no talent worth speaking of except jangling a pair of scissors in his hands.

It was his stock in trade as a junk collector to crawl through the stinking maze-like alleys like a mole, avoiding the main roads like Sejongno, Taepyeongno and Chungmuro, and he'd cry at least a thousand times a day:

"I buy cider bottles, Coke bottles, old newspapers, old enamelware!"

How could I call a man like that Father?

He always stopped at a tavern along his route. He took a leak every ten steps. Which reminds me, my stepfather's member is fairly magnificent. Once I glanced over at him while we were pissing next to each other; I thought he'd taken a size-19 Prince rubber shoe and placed it between his legs. Then, I nearly fainted when I saw a stream of clear liquid shoot from it. When he saw me watching him, he made a show of flicking it before sliding it back in-

였습니다. 내가 자기의 그것을 훔쳐보고 있다는 걸 눈치 챈 그는, 그러나 바쁘지 않게 그 고무신을 툴툴 털고 속으로 넣으며 나한테 말했습니다.

「나? 이래 뵈두 이것 하나는 왕자표야, 왕자표오. 케이에스 렛데루 딱 붙었지, 케이에스가 뭔지 알어? 정부가 품질을 보증한다아, 이거야 임마」하고 뭍에 올라온 물개처럼 끼덕끼덕 웃더군요. 그는 잠시 고개를 숙이고 서 있더니 제법 긴장한 얼굴을 내게로 돌리며 다시 말했습니다.

「이제 두고 보라구, 너의 엄니가 곰같이 덩치 큰 놈 하나를 쑥 빼내 놓을 테니깐, 씨팔. 난 그놈을 대국도둑놈으로 만들 작정이라구.」

밉다면 업어 달랜다고 우리 의붓아버지는 그 푼수에 꼭 나를 데리고 장사를 나서지 뭡니까. 처음에 나는 그가 나를 골탕 먹일 심산으로 계획 짜고 그러는 줄 알았습니다.

아침을 먹고 나면 이 폐품 집적소를 건더지로 먹고 살아가는 고물 장수들과 어울려 의붓아버지는 도심지를 향해 장사를 떠나 해가 완전히 빠져야 우리들의 마이크로버스로 돌아왔습니다. 나는 구두통을 메고 변두

side his pants.

"So my life's miserable but at least I've got a king-size cock. I call it KS. Do you know what that means, buster? It means Korean Standard. Satisfaction guaranteed." He guffawed like a seal rewarded a fish. He looked down before turning back to me, somewhat nervously.

"Just wait and see. I'll give your mom a baby boy as big as a bear. I'll make him the greatest burglar ever."

I hated him but he insisted on taking me on his rounds. At first I thought he just wanted to give me a hard time.

He usually went out to the city with the other junk collectors after breakfast, returning to our minibus only after dark. Meanwhile, I'd go to the outskirts of the city where new houses sprang up, armed with a shoeshine box. My mother spent her day sorting through the garbage dump inside the junkyard along with our neighbors. My mom and the others gathered stuff that manufacturers could reuse or return to the factories where they had

리 신흥 주택가로, 어머니는 이웃 아주머니들과 어울려 집적소 안의 쓰레기더미로 몰려가는 거지요. 어머니는 거기서 선별 작업을 하게 됩니다. 도심지에서 거둬들인 고물더미에선 미원 봉지, 코텍스도 나옵니다. 초코쿠키 껍데기도, 통조림 깡통도, 코르셋도, 나체 사진도, 계란 껍질도 나옵니다. 우린 도심지에서 살진 않지만, 매일 매일 이 집적소로 쏟아져 들어온 그런 쓰레기더미들 속에서 도심의 사람들이 어제저녁까진 주로 무엇을 하고 살았다는 것을 보름달 쳐다보듯 환하게 알 수 있습지요.

그런 것들은 같은 성질의 것들과 모아지고 다시 그것들이 출생했던 공장으로 되돌려지는 것입니다.

그렇게 우리 세 식구는 모두 제각기 할 일들이 따로 있었습니다.

그런데 어느 날, 그 의붓아버지란 작자가 느닷없이 내 정수리를 콱 쥐어박더니, 「이 자슥아, 오늘부턴 날 따라나섯」하는 것이었습니다. 분통이 탁 터지데요.

「씨이, 아저씨 혼자 해처먹으라구. 난 그런 시시한 고물 장사 못 해먹는다구.」

「이 새끼가 웬 잔말이 이리 많어?」

come from. There were plastic shells of MSG, Kotex, Choco Cookies, cans, corsets, porn photos, and egg containers. We didn't live in the city, but we knew exactly how people there lived, down to what they had for last night's dinner.

So we had our own jobs. But one day, out of nowhere, my stepfather whacked me on the head and said, "Buster, you come with me today!"

"You wish, jerkoff. You can't make me do your bullshit work."

"You got a big mouth, bastard."

"Why? Can't I talk?"

"So you think shining shoes makes you a big shot?"

I had no choice but to follow him even as he rolled his nasty bulging eyes. After three days, I realized why he wanted me to come along—I might not have gone to school, but I was pretty good at guesswork. He gave candies or coins for the cider and Coke bottles he got, but sometimes, he would let me watch the cart as he sneaked inside houses whose gates stood slightly ajar. Even warning signs

「잔말 못 할 건 뭐 있어?」

「이 새캬, 딱쇼 딱쇼 하는 건 시시한 것 아닌 줄 알
어?」

백날을 못 보아도 보고 싶잖을 통대구 같은 눈깔을
팽팽 돌리길래 할 수 없이 따라나섰습니다. 한 사흘 따
라다니다 보니 그가 나를 데리고 나선 까닭을 알겠더군
요. 나도 문교부 혜택을 받을 사이가 없었던 게 탈이지
눈치 하나는 왔다거든요. 의붓아버지는 물론, 사이다
병이나 콜라 병을 받고 엿이나 돈으로 바꿔주기도 하였
지만, 그것보다는 걸핏하면 리어카 옆에 나를 세워둔
채, 대문이 열린 집이면 무턱대고 안으로 들어가는 것
이었습니다. 대문에는 '큰 개 조심'이라고 써 붙여 놓았
는데도 그는 도대체 겁없이 그냥 들어가는 것이었습
니다. 그의 말대로라면 '개 조심'이란 거야말로 순 공갈
일 뿐이란 것입니다. 정말 조심해야 할 개라도 있는 집
구석엔 그따위 알량한 종이딱지를 써 붙이지 않는다는
것입니다. 또 설령 개가 있다손 치더라도 도둑 예방으
로 밖에다 두고 기르는 것이 아니라, 개에게 매니큐어,
아이새도 화장까지 시키고 양말에 옷까지 입혀 예방주
사 맞춰서 방에다 소록소록 재우곤 하기 때문에 겁낼

that said Beware of Dog didn't stop him. He said those were just pure bluffs, and anyone who really had a guard dog wouldn't put up those sorts of signs. Besides, even if it were true and a dog was indeed there, it probably wasn't a fierce watchdog prowling the yard but a well-groomed Fifi that slept in its own bed, wore dog clothes, had manicured nails, and all but wore makeup.

Usually, there'd be nobody in the house, or, if there was, it'd be a maid splayed out on the floor after having her fill of rice and lettuce wraps. He'd take the basin near the water pipe and all the nickel-silver cookware waiting to be washed, and dump them in the cart. Then he'd call to me, "Bastard, hurry!" and we'd make our getaway. It seemed he wanted to disprove the saying "Don't change hats under a pear tree."

The few times he got caught, he managed to get off the hook by saying, "I'm here to check the water meter," or "Where do I find the fuse box?" He

일 하나 없다는 것입니다.

집에 들어가면 다행히 사람이 없거나 있어도 상추쌈을 가슴 미어지도록 처먹고 마루에서 뻗치고 자는 식모뿐이기가 십상이지요. 그는 그 집 수돗가에 있는 대야나 양은그릇들을 몽땅 훔쳐 들고 밖으로 나오는 것입니다. 그것들을 수채 도랑에다 한 번 처박았다 건져내어선 리어카에다 쑤셔 박고 「퍼뜩 가, 이놈아!」 하고 나를 재촉해선 그 골목을 빠져나오는 것이지요. 배나무 아래로 갈 적엔 갓끈도 고치지 말라는 속담이 있는 세상에 순 어거지로 버는 거지요. 어쩌다 들키기라도 하면, 「네에, 수도 검침하러 왔습니다」 하거나 「두꺼비집이 어디 걸려 있습니까?」 하는 식으로 위기 모면을 할 때도 없었던 것은 아닙니다. 하여튼 넉살 하나는 타고난 사람이었으니깐요. 실수를 되도록 줄이기 위하여 그가 아무집이나 들어갈 땐 나와 암호를 맞추곤 합니다. 나는 밖에 세워둔 리어카를 붙잡고 섰다가 남자가 나타나면 가위를 절걱거리면서 「사이다 병 삽니다아」, 여자가 나타나면 「헌 대야 삽니다아」 하고 소리쳐주면 의붓아버지가 속 차리고 부리나케 밖으로 쫓아 나오곤 하지요. 장사라도 더럽게 똥줄 빠지는 장시지요.

was that brazen. To avoid any possible hiccups, he made me his accomplice. I'd jiggle the scissors and call out, "I buy cider bottles!" if I saw a guy coming, or "I buy old basins!" if it was a woman. My stepfather would slip out as quickly as possible. His idiot schemes scared me shitless.

The metal we collected in that manner drew a tidy sum. What a louse! Even if hell was overcrowded when he arrived, they'd probably make room for him. There was only one thing I didn't understand with his mode of operation. After practicing on the basins and cooking pots, he grew bold enough to filch the electric fans that were left on wooden verandahs. Even one of them would have made life more bearable in our minibus on a hot summer day, but he broke them all to sell as scraps. Although he could have gotten more for them otherwise, he also smashed the basins, electric mixers, kettles and stuff, the resulting scraps bearing folds like the skin on an old woman's belly, and he brought them to the supervisor for petty cash. He was hopeless.

그런 식으로 모으는 철물들이 돈으로 환산하면 상당
한 액수에 달하는 때가 많았습니다. 순 도둑놈이지요
뭐. 지옥이 만원 아니라 미어터져 나간다 해도 우리 의
붓아버지는 그 만원 된 지옥 자리 날 때까지 밖에서 기
다려야 할 놈입니다. 그런데 그에겐 단 한 가지 내가 이
해 못 할 점이 있었습니다. 그런 식으로 훔쳐내다 보니
까 나중엔 요령도 붙고 간뗑이가 부어서 마루에 놓인
선풍기 같은 것도 훔쳐내곤 하였는데 이 더운 여름날에
선풍기 같은 것이야 우리 집 마이크로버스 속에다 틀어
놓으면 좀 시원하고 간이 뜨겠습니까마는 그 작자는 그
것을 응당 망치로 때려 부숴 가지곤 고물로만 팔아먹던
심사를 알 도리가 없더란 이야깁니다. 그것만이 아니었
습니다. 우리 집에서 얼마든지 쓸 만한 멀쩡한 세숫대
야도, 전기믹서도, 주전자 같은 집기도 모양 그대로 팔
아넘기면 상당한 현찰과 바꿀 수 있음에도 꼭 쇠망치로
엎치고 모를 쳐서 뚝심 빠진 할망구 뱃가죽처럼 만들어
서 수납소로 가져가서 몇 푼 안 되는 고물값으로 바꿔
오는 것이었습니다. 그 고집은 아무도 꺾지 못할 것 같
았습니다. 내 소견에도 하도 딱하고 답답하여,

「씨이, 그냥 팔면 몇 배나 받을 텐데 괜시리 두들겨 깨

It was so exasperating that I finally couldn't keep my mouth shut. "Why the hell do you keep smashing and breaking them? Don't you even have enough brains to know you'll get much more if you sell them as is?"

He always gave the same blunt reply. "Kid, why don't you shut the hell up? You think you're so smart. They're worth nothing, new. But once I've turned them to junk... That's when they start to fetch their worth."

People say you'll see all sorts of fools if you live long enough. At 15, I already had a head start. I wondered what might have possessed him as he smashed a brand spanking new electric fan, which the ads said brought "Fresh air from Alaska." People also say fools gaze longingly at distant mountains even when what they need is right in their hands. They must have been thinking of my stepfather when they made that one up.

His thought process wasn't entirely devoid of sense, though. It's not like we could live in that minibus forever. We lived in constant fear that it

기는 왜 깨는 거여?」

그러나 대답은 항상 한 가지로 내뱉기였습니다.

「이 자식아, 모르는 소리 말고 죽통 닥쳐. 아모리 좋고 신품이라 할지라도 일단 내 손에 들어왔다 하면 고물이 돼야 그기 원칙이야. 그래야 제 값어치가 있는 기엿.」

젠장, 퉁명스럽게 쏘아붙이기 일쑤입니다. 사람이 오래 살다 보면 멍텅구리도 여러 질(質) 본다더니 나는 열다섯 살이 못 되어 저런 주체 못할 으바리 같은 자식도 보게 되는구나 싶데요. '알래스카의 싱그러운 바람을 몽땅 여러분의 안방에다 운반해준다'는 그런 신품 선풍기를 기어이 망치로 때려 고물로만 팔아먹고 있는 그놈의 대갈통은 도대체 무엇으로 채워져 있는 것일까요. 모르는 놈은 손에 쥐어줘도 먼 산만 본다더니 꼭 우리 의붓아버지 같은 놈을 두고 하는 말씀임에 틀림없겠습니다.

그러나 그의 말도 일리가 없는 것은 아니었습니다. 우리 집인 이 마이크로버스라는 게 정말 아무런 보장이 없는 집이었으니까요. 언제 해체되어 주물 공장으로 들어가게 될지 모를 불안이 그것이었습니다. 그는 서울 시가지에 널려 있는 쇠붙이들을 고물로 만들어내는 분량만큼 우리 집이 헐려질 시간이 늦어질 수밖에 없다고

might be dismantled and sent to the foundry. According to his logic, our reprieve on the bus grew longer in direct proportion to the amount of iron he produced from the scrap metal he collected.

The yard supervisor, Mr. Choe, was the one who profited the most from the situation. Every so often he would circle the minibus, grumbling about his business.

"If things don't pick up, we'll have to melt this bastard down," he would say, thumping the body of the bus with a brick and looking it up and down.

My stepfather must have figured the son of a bitch was making a big deal about it because he wanted to bang my mother again. My real father gave her away without a fight because he was a pushover and didn't stand a chance—but my stepfather was hardly a weakling. He crackled with energy. Whenever Mr. Choe dropped a dark hint, my stepfather would spend the day like someone possessed. His bloodshot and shifty eyes rolled in his head. He got himself drunk and stole whatever he could lay his hands on. His cart brimmed with the

말해왔으니까요. 그것을 가장 유효적절하게 이용하고 있는 놈이 바로 수납소의 최가란 놈이었습니다. 그놈이 요사인 퍽 자주 우리 집 주변을 빙글빙글 돌면서 원료 공급이 딸린다면서 「이놈을 빨리 해치워야 할 텐데」 어 쩌구 해가며 벽을 돌로 탕탕 때려본다든지 대가리를 주 억거려 아래위쪽을 살펴보곤 하니깐요. 그 새끼가 또 우리 어머니를 여인숙으로 데려갈 욕심 때문에 으름장 을 놓고 있다는 것쯤은 의붓아버진들 모를 리 있겠습니 까. 그러나 죽은 우리 아버지처럼 허약하고 요령 없는 사람이야 당장 어머니를 내어줄지는 모르지만 서슬이 퍼렇게 살아 있는 의붓아버지야 그렇게 호락호락한 위 인은 아니었습니다. 최가 놈이 그런 식으로 으름장을 놓고 돌아간 날의 의붓아버지는 거의 미친 것 같은 상 태에서 하루를 보내게 됩니다. 두 눈알은 벌겋게 충혈 되어 안정을 잃고 이리 굴리고 저리 굴리며 심하게 술 을 퍼마시는가 하면 이 눈치 저 눈치 돌볼 겨를 없이 마 구다지로 훔쳐내곤 하였으니까요. 리어카에 쌓인 고철 들 거의가 도둑질로 채워진 것뿐이었습니다.

　우리는 그날 우연히도 주택가 사이에 끼여 있는 어느 아담한 공원의 어린이 놀이터 앞을 지나게 되었습니다.

stuff he stole.

One day, we wandered past a playground in a small park wedged between rows of houses. There was a squeaky merry-go-round with a solitary horse made of iron that several children were riding. We walked into the park to collect empty cans, but he stopped short the moment his eye lit on an iron horse. He stopped and stared, transfixed by the cast-iron creature going around and around with grinning children in tow. His stupefied look slowly morphed into a triumphant smile. He shivered like a puppy shaking itself off after a bath.

"Oh yes, let's get that!" he whacked me on the back of my head. It smarted but I didn't dare say anything because he looked so determined. "Kid, I'll kill you if you tell anyone about this!"

"What the hell are you talking about?"

"Don't you see it?"

"The horse?"

"What else? Let's do it tonight. To think I never

그 공원 한편에는 조무래기들을 태우고 원형으로 빙글
빙글 돌아가는 철마가 삐걱삐걱 쇳소리를 내고 있었습
니다. 우린 맨 처음 빈 깡통이나 주워 모을 심산으로 그
공원 속을 어슬렁거리고 들어갔던 것이지요. 그런데 그
철마를 보자 의붓아버지는 그만 걸음을 딱 멈추고 말았
습니다. 그는 아가리를 함지박으로 벌리고 헤헤 웃는
아이들을 잔뜩 싣고 힘겹게 돌아가는 철마 틀을 넋을
잃고 바라보고 있을 따름이었습니다. 넋을 잃은 듯이
보이던 그의 표정이 차츰 어떤 득의의 웃음기로 변해갔
습니다. 그는 강에서 걸어 나온 강아지처럼 온몸을 한
번 부르르 떨었습니다. 드디어 그는 내 정수리를 깡 치
면서 이렇게 말했습니다.

「좋다! 저놈을 해치우는 거야, 저놈을.」

나는 정수리가 몹시 아팠으나 그의 결의에 찬 표정이
엄숙하기까지 하였으므로 참는 수밖에 없었지요.

「이 자식아, 아무한테나 얘기하면 죽엿!」

「씨이, 뭘 말예요?」

「저걸 보라구, 이 자식아.」

「말 틀 말예요?」

「그래 이 자식아, 오늘 밤에 저놈을 해치우는 거야. 저

saw it before."

That's when it dawned on me that he actually wanted to steal the horse of all things and sell it as scrap metal. I snickered. "It's not gonna work."

"Listen, even a rat'll bite a cat if it's backed into a corner."

"Well, count me out."

I turned to go since he didn't look like he could be reasoned with. But he hung back and started to circle around the merry-go-round, probably plotting his moves. But how could anyone pull off a thing like that in secret? It would be easier for a rat to give birth to a tiger. Half an hour later, I glanced over my shoulder and saw him following me. He looked so awful and pathetic I decided to play a prank on him.

We wandered into a neighborhood alley from the park. He immediately spotted an empty house and sneaked inside while I stood lookout by the handcart. I saw two men then, both built like Charles Bronson, rounding the corner. I just stood there then. I watched instead of calling out my usual

런 게 있는 줄을 미처 생각을 못했군.」

　말하자면, 주제에 그 철마 틀을 몰래 해체시켜 고철로 팔아 조질 심산이란 것쯤은 나도 알아차릴 수 있었습니다. 나는 킹 하고 코웃음을 쳤습니다.

「씨이, 잘 안 될걸.」

「이 자식아, 쥐새끼도 막다른 골목에 이르면 돌아서서 고양이를 문다구.」

「씨이, 잘해보라구.」

　말 같아야 상대를 하고 섰지요. 나는 돌아서고 말았습니다. 내가 돌아선 뒤에도 그는 여전히 거기 남아서 철마 근방을 빙빙 돌며 이리저리 궁리를 짜내고 있는 눈치였습니다. 그러나 생쥐가 호랑이 새끼를 잉태하는 게 쉽지 자기가 무슨 까딱 수로 그 철마를 몰래 해체시킬 수가 있단 말입니까. 그는 근 30여 분이 지난 뒤에사 내 뒤를 어슬렁거리고 따라 나왔습니다. 그 꼬락서니가 하도 우스꽝스럽고 미워서 나는 의붓아버지를 골탕 먹일 궁리를 하고 있었습니다.

　우리는 그 공원을 나와서 다시 주택가의 골목길로 들어섰고, 그는 역시 빈집을 발견해내고 그 집으로 기어 들어갔습니다. 나는 여전히 리어카 근방을 돌며 망을

warning signal: "I buy cider bottles!"

As luck would have it, the two men went right in and gave my stepfather a good beating right there on the spot. They beat him like they were hammering an old piece of scrap metal into shape. They were practically foaming at the mouth as they pounded him like an old drug peddler's drum, reminding me of the henchmen of the perennial antihero, Heo Jang-gang. He endured the blows from some time before sprinting out into the alley like Bluto fleeing Popeye. I had no idea he was such a fast runner. He was gone in the blink of an eye and then the two men looked at each other like they didn't know what had just happened. But then their bloodshot eyes settled on me. I thought that was the end and I would never again have to gaze upon the bleak skies of Seoul again. True enough, they started to advance.

"Bastard, you're his partner, aren't you?" One of the men clinched his teeth and asked.

His partner drew closer. "Tell us the truth, kid. Bet you're learning from the expert, aren't you,

보고 있었습니다. 그때 골목 어귀에 찰슨 브론슨같이 어깨가 딱 벌어진 두 사나이가 나타났습니다. 나는 거기서 응당 가위질을 절그럭거리며 「사이다 병 삽니다」하고 집 안에 있을 의붓아버지께 신호를 해주어야 했는데도 여전히 가만히 서 있었습니다. 공교롭게도 일이 바로 되느라고 그 두 사나이는 그가 들어간 바로 그 집으로 들어갈 사람들이었습니다. 참 그날 우리 의붓아버지는 직사하게 터졌지요. 하여튼 여물통이 당나발이 되도록 쥐어 터졌으니깐요. 그 사람들은 악당 영화에 나오는 허장강의 꼬붕들처럼 입에 게거품을 풍기며 의붓아버지를 약장수 북 치듯 했습니다. 꽤 오랫동안 맷집 좋게 맞고만 있던 그가 뽀빠이에게 쫓기는 털보처럼 갑자기 골목 밖으로 튀어 달아나더군요. 토끼는 데는 그도 한가락 하는 사람이라는 걸 그때서야 알았습니다. 눈 깜짝할 사이에 사람을 놓쳐버린 그 두 사나이는 잠시 서로를 멍하니 쳐다보더니 충혈된 시선을 서서히 내게로 옮겨왔습니다.

이젠 골로 가는구나. 저 거무침침한 서울의 하늘도 오늘로서 마지막 보는구나 싶었습니다. 아니나 다를까, 그들은 내게로 걸음을 옮겨오는 것이었습니다.

rookie?"

As you might imagine, I was shaking like an aspen leaf. But I remembered what my stepfather had told me in the park: Even a rat'll bite a cat if it's backed into a corner. I stepped forward, shaking off my fear.

"Fuck yeah, I am. Now what are you going to do about it?"

Their expressions instantly changed.

"What? Now look at this guy." One of the men smiled. "The flea's angry."

"Bastard, who are you calling a flea?" Even as I bluffed, I started to inch my hand backwards, searching for a small rod from the cart.

"Listen to this punk. How old are you anyway?"

"What does it matter? What are you gonna do? You wanna treat me like your dad?"

That got them, I think. After circling around me, checking me out like I was a porcupine on display, they suddenly turned to go. They grinned at each other. There was something like contempt on their faces at my display of childish bravado, but the iron

「너 이 자식! 그놈과 한패짓?」

그중 한 녀석이 어금니를 잔뜩 사리물며 내게 다그쳤습니다.

「너 임마, 거짓말하면 죽어? 마빡에 피도 덜 마른 녀석이 벌써 도둑질 동업이야?」

다시 한 녀석이 다가서며 이를 앙물었습니다. 물론 나는 처음엔 사시나무 떨듯 했었지요.

그러나 바로 그 순간에 아까 공원에서 의붓아버지가 내게 던진 말이 퍼뜩 떠올랐던 것입니다.「이 자식아, 쥐새끼도 막다른 골목에 이르면 돌아서서 고양이를 문다구」바로 그 말이었습니다. 낸들 기죽을 수 있나요. 나는 한 발 앞으로 쑥 나섰습니다.

「씨이, 그렇다, 왜? 잘못된 거라도 있니?」

내가 뱃심 좋게 나오자 그들은 금세 얼굴색이 싹 가시더군요.

「야, 요것 봐라아! 벼룩이 튄다아!」

「이 새캬! 니 눈깔엔 벼룩밖에 보이는 게 없니?」

나는 이렇게 대거리하며 은연중 리어카 속에 들어 있던 조그만 쇠꼬챙이 하나를 재빨리 챙겨 들었습지요.

「야 요놈 봐라아! 너 몇 살이니?」

rod in my hand was clearly part of it too. They must have figured I could have inflicted a little damage if I decided to use the thing. Even the toughest can't beat the desperate ones. I won't deny that grownups are bigger, but they're no better than weasels who shrink at the slightest touch. I decided I might as well hang on to the rod. "You know small peppers are hotter than the big ones, right?"

I backed out of the alley slowly, dragging the cart after me with my head held high. I felt as if I were walking on clouds banked high above the city. The people I crossed on the streets seemed so flimsy they looked like the slightest breath would blow them away.

But I quickly sobered up when I remembered my stepfather. He must have made it home by now. He was probably sprawled on the floor, badgering my mother cursing me to high heaven. I didn't have the nerve to go home. I thought I'd rather leave the

「몇 살이면 워쩔 텨? 너 애비 나이라도 보태줄 텨?」

통수가 그쯤 되면 알조였습니다. 그 두 사나이는 시골 장터에 붙들려 온 고슴도치라도 구경하듯 내 주위를 조심스럽게 빙글빙글 돌며 나를 요리조리 훔쳐보더니 그만 웃고 돌아섰습니다. 그들의 표정으로 보아, 한 말로 유치하다 이것이었는데 사실은 내가 쥐고 있던 쇠꼬챙이에 조금은 겁을 집어먹은 게 분명하였습니다. 나도 휘두르다 보면 저희들이 찔리지 않는다는 보장이 어디 있겠습니까. 악돌이한텐 못 당하는 법이니까요. 어른들이란 틀은 커도 건드리면 움츠리는 족제비처럼 운명적으로 허약하다는 걸 나는 그때부터 깨닫게 되었습니다. 그날 이후 나는 그 쇠꼬챙이를 항상 몸에 지니고 다니는 습성을 길렀습니다.

「짜아식들, 작은 고추가 매운 걸 몰라?」

나는 어깨를 으쓱 하고 리어카를 끌며 유유히 골목을 빠져나왔습니다. 그땐, 그렇게 높게 느껴지던 서울의 하늘이 내 턱밑에 내려와 있더군요. 길거리를 걸어가는 사람들도 훅 불면 날아가 버릴 듯 가볍게 보였습니다. 그러나 그 다음엔 겁이 덜컥 났습니다. 그건 그때 우리 의붓아버지 생각이 버럭 떠올랐기 때문입니다. 그는 지

cart in a ditch and wander aimlessly. I was pretty sure I could get by whatever happened.

Until last year, I made a living on the buses. I usually went out at night and got on any bus and, once it actually began to move, I'd stand on the aisle and deliver my routine:

"Kind ladies and gentlemen, I was orphaned when I was little and I've been wandering ever since, starving and sleeping under the stars amidst the cold wind and snow. I signed up for a night course at Asia Middle School in Cheongryangni, but life's hardships and people's cold hearts have made it impossible for me to continue my studies. So, I'm here selling pens with full confidence in your compassion."

Then, I'd usually end by belting out a song, tears streaming down my cheeks.

"Miari Pass, the pass of tears, the pass of parting where my lover crossed..."

But my appeals usually fell on deaf ears. The

금쯤 분명 집으로 돌아가서 황소 모양으로 나자빠져 누워 어머니를 들볶고 나를 저주하고 있을 것임에 틀림없겠기 때문입니다.

나는 집으로 돌아갈 엄두가 나지 않았습니다. 리어카를 수채 도랑에 콱 처박아 버리고 지향 없이 떠나버릴까 보다고 생각했습니다. 이 한 몸이야 어딜 가도 먹고 살아갈 재주쯤이야 내게도 있으니깐요.

작년까지만 해도 나는 시내버스를 탔었습니다. 주로 밤에 아무 정류소에나 나가 섰다가 무조건 버스를 집어타는 것입니다. 차가 일단 떠나면 나는 그 많은 사람들 틈에 끼여 악을 쓰기 시작하지요.「차내에 계신 신사숙녀 여러분! 저는 일찍이 조실부모하고 눈보라 치는 서울의 하늘을 지붕 삼아 이 거리 저 거리를 주린 창자를 틀어쥐고 지향 없이 떠도는 신세였습니다……. 그리하여 청량리에 위치한 아세아중학교 야간부에 입학은 하였으나, 세파는 거세고 인정은 메말라 더 이상 학업을 계속할 수 없어 볼펜 몇 개를 밑천삼아 인정 어리신 여러분의 동정을 구하고 있습니다.」그러고는 '미이아리 누운물 고개 니이임이 넘던 이별고오개' 한 곡 좍 뽑고 나면, 나도 모르게 울고 있는 자신을 발견합니다. 그러

passengers would look out the windows as if a golden calf were parading nearby.

It didn't matter, though. As long as there were bar girls and waitresses on the bus, it didn't matter. Usually, I'd get off the bus with one or two hundred *won*. Sometimes, the conductor would recognize me and ask for my fare, and I'd have to make a few empty threats.

"Do you want to live to see your grandchildren, asshole?"

"What did you say, bastard?"

"Don't piss me off, asshole!" I'd shoot back and look her straight in the eye.

It didn't usually take much to make the conductors back off. Buses had to move quickly and couldn't afford stalled over nuisances like me, so off they'd go.

I felt a tap on my shoulder and turned around to see my stepfather. A chill shimmied up my spine and I thought I was a goner. I doubted I could bluff him the way I did with those men. But to my surprise, he was smiling.

나 내 호소를 귓구멍이 있으면 다 들었으련만 승객들은 길거리에 금송아지라도 지나가는지 고개를 하나같이 창밖으로 돌리고 있을 뿐입니다. 그러나 그런 건 별 염려 없습지요. 요는 그 차 중에 집으로 돌아가는 바걸이나 작부 들이 몇 사람이나 타고 있느냐가 더 문제입니다. 그들이야말로 눈물에 약하거든요. 결국은 한 차에 1, 2백 원은 쥐고 내리기 마련입니다. 간혹 나를 알아보고 차비를 달라는 차장도 있습니다. 나는 그때 지체 없이 공갈을 칩니다.

「이년아, 너 더 살고 싶으니?」

「요 새끼가 지금 뭐라고 했니?」

「이년아, 제발 내 창자 뒤틀리게 하지 말어.」

차장을 똑바로 쳐다봅니다. 공갈에는 약하거든요. 또 나를 상대해서 머물 시간도 없는 차니깐요. 붕 떠나고 말지요.

그때, 내 등을 툭 치는 사람이 있었습니다. 바로 의붓아버지가 그 사람이었습니다. 나는 창자가 끊어질 듯한 놀라움과 두려움에 떨었습니다. 이번이야말로 끝장이구나 싶었습니다. 적어도 그 사람에게만은 내 통수나 공갈이 통하지 않는다는 걸 잘 알고 있기 때문이죠.

"Haha, I watched all of it, you bastard. What nerve! That was awesome. You've got a bright future ahead of you."

He tousled my hair, grinning broadly as though his face wasn't swollen like a giant quince. I could feel his sense of pride. Instead of running away like I thought, he must have watched me take on the two men like an old hand from the corner.

I had never felt so happy. I decided to call him Father from that day on even though he remained a penniless, ignorant kleptomaniac, not to mention a sex maniac when it came to my mother. I didn't think twice seeing how the well-endowed guy knew how to forgive people and recognize talent.

"So, you're in on tonight's job?"

I suppose he meant dismantling the iron horse he'd scoped out in the park. This time I agreed.

Strangely, his plan didn't sound as stupid as it had that afternoon.

"Hey, he called me Father, would you believe it?" he told my mother when we got home.

I saw their eyes mist over, my mother and my

그러나 나는 의외에도 씩 웃고 있는 그를 발견한 것입니다.

「히히, 내가 다 봤다, 임마. 너 통수 한번 거뜬하게 치던데! 됐어, 잘하는 짓이라구, 희망이 가득한 놈이야, 넌.」

그는 내 골통을 툭툭 치면서 팅팅 부어 모과 같은 낯짝을 해가지고선 헤벌쭉 웃기까지 하더라니까요. 그 만족스러워하는 꼬라지란 이루 형언할 수가 없었습니다. 그는 사뭇 달아나지 않고 길모퉁이에 숨어서 내가 노숙하게 굴던 것을 지켜보았음이 틀림없었습니다.

난 그날처럼 기분 좋았던 날도 없었습니다. 물론 그날부터 그를 아버지라고 부르기로 작정도 하였지요. 돈도 없고 무식하며, 도둑질이나 하고 오락이라고는 어머니와 홀레밖에 할 줄 모르는 그였지만, 사람들 군더더기 없이 용서할 줄 알고 힘을 북돋우어 줄 줄 아는 그 왕자표 아저씨를 아버지라 부르는 데 내가 거리낄 것은 없었지요.

「이봐, 너 말이야, 오늘 저녁 내 작업에 가담할 텨?」

그는 조금 전에 공원에서 보아둔 철마의 해체 작업에 내가 동행해줄 것을 은근히 바라는 눈치였습니다. 물론

stepfather, whose face was still black and blue. She guessed what had happened to us in the city. Embarrassing to admit—but the moment made me want to cry. It was like the three of us were seeing each other for the first time in a long while. I smiled awkwardly. It was obvious that we'd become new accomplices.

That night, though, my dear father came down with a high fever. Never mind about our scheme, we didn't even know how to get him treated. But what could we do in the middle of the night? My mother had no choice but to do nothing but put wet towels on his head and change them regularly. He was like a piece of burning coal and the fever showed no sign of letting up. The poor man had clearly suffered from a terrible beating.

"Won-su, go to the hospital and fetch a doctor!" my mother finally hollered. I sat motionless beside her, like a useless toad.

"What kind of stupid doctor would come here?"

나는 그의 제의를 쾌히 승낙했습니다. 그때의 내 기분은 공허하게만 느껴지던 그의 계획이 이상하게도 퍽 현실성이 있는 계획으로 받아들여지더군요.

집으로 돌아오자, 아버지는 어머니를 보고「이봐, 이 자식이 날 아버지라고 불렀어」하더군요. 아버지의 울긋불긋하게 부어오른 얼굴과 나를 번갈아 보던 어머니의 눈시울에 안개 같은 것이 서리는 것을 나는 보았습니다. 어머니는 우리들이 시내에서 겪었던 사건을 대강 짐작하는 눈치였으니깐요. 나는 그때 치사하게도 울고 싶다는 생각이 울컥 치밀어 오르더군요. 우리들 세 사람은 낯선 사람들처럼 아주 오래간만에 서로를 쳐다보면서 어설프게나마 웃었습니다. 새로운 음모에 대한 결의가 우리들 웃음 속에 배어 있었지요. 그러나 그날 밤부터 나의 사랑하는 아버지는 앓기 시작하였습니다. 대단한 열이 아버지의 온몸을 휩싸 안았습니다. 아버지와 나의 계획이 수포로 돌아간 건 차치하고 그를 어떻게 치료해주느냐가 당장 발등에 떨어진 불이었습니다. 그러나 아시다시피 밤중에 무얼 어떻게 할 수 있단 말입니까. 어머니는 거의 속수무책으로 아버지의 이마에 물수건만 얹었다 내렸다 하였어요. 그러나 아버지를 엄습

"So are you just gonna sit there and wait until he's dead, you bastard?"

I went out and dragged my feet towards the city. About a kilometer away, I saw a building with a signboard that said "Mankind Hospital." It was practically deserted and the only one around was an ugly nurse with a snub nose.

"Where are you from?" she asked me as soon as I opened the door and stepped inside. She looked me up and down after I told her I was from the junkyard. "Oh. I'm afraid the doctor's out now."

It was obvious she wouldn't go with me willingly so I brought out the rod. "Look, are you coming with me or not?"

"What?" her eyes widened in disbelief. "What do you think you're doing?"

"Bitch, isn't it obvious?"

"Who are you?" she hissed.

"Don't you want to live long enough to see your grandchildren?"

I clenched my teeth and pushing the rod right up under her nose. She paled, and then began to busy

해온 열은, 불에 달구어진 돌멩이처럼 도대체 식을 기미를 보이지 않았습니다. 사랑하는 아버지는 굴신 못하도록 얻어터진 게 분명하였습니다.

「이 원수야, 병원에 가서 의사라도 불러 오너라.」

아버지 옆에 두꺼비처럼 앉은 나를 보고 어머니는 소리쳤습니다.

「여기 와줄 골 빈 의사가 어딨어?」

「그럼 이놈아, 죽는 사람 두고 그대로 죽치고 앉았을 테여?」

나는 어슬렁거리며 밖으로 나왔습니다. 근 1킬로나 시내 쪽을 향해 걸어서 '중생의원'이란 간판이 걸린 병원 하나를 찾아냈습니다. 그 썰렁한 병원엔 마침 발랑코인 간호사 한 년이 어슬렁거리며 있었습니다. 내가 문을 열고 들어서자, 「너 어디서 왔니?」 하고 그녀가 물었습니다. 저 위쪽 폐품 집적소에서 왔다고 했지요. 그는 내 아래위를 잠깐 훑어보고는 심드렁하게 말했습니다.

「으응, 거어기? 지금 의사 선생님이 안 계신데?」

싹수를 보니까 그 간호사가 순순히 나를 따라오긴 글렀다 싶었습니다. 참 분통 터지데요. 나는 그때 쇠꼬챙

herself putting emergency stuff together. It thrilled me that my iron rod could work the same miracle my father's extra-large dick had worked on my mother. I was even a bit embarrassed how easily the nurse had surrendered to it.

When we reached our place, she gave my father an injection and left two days' worth of medicine before leaving and forgetting to even ask for payment. My mother was so touched that I'd managed to bring help, she grinned, baring her yellow teeth.

"Won-su, you're a lifesaver!" she cried.

Damned tears filled my eyes. Before long, my father's temperature went down and he fell into deep slumber.

I had the sweetest dream that night. Our house, the minibus, grew silver wings and flew through the blue skies. There was no pilot, but it soared smoothly. The clean, cool breeze blew through our windows, caressing our thinly clad bodies. Dark seas and mountains unfurled below us. I was so

이를 척 꺼내서 꼬나 들었습니다.

「너 갈 텨, 안 갈 텨?」

「얘가? 지금 뭘 하고 있니?」

「보면 몰라? 이 작것아?」

「이런 애가 어디 있어?」

「너 오래 살고 싶지?」

나는 쇠꼬챙이를 그녀의 콧잔등에다 바싹 갖다대고
이를 앙물었습지요. 그제사 새파랗게 질린 그녀가 뾰족
한 수가 없었던지 주섬주섬 왕진 갈 채비를 하더군요.
19문짜리 왕자표 흙고무신만 한 아버지의 그것이 어머
니에겐 절대적으로 작용되듯이 내 19문짜리 길이만 한
이 쇠끝이 많은 사람들에게 공포를 준다는 흡족감을 다
시 한번 느끼게 되었지요. 하여튼 그 작은 쇠끝 하나에
너무나 허술하게 굴복해버리는 간호사가 민망할 정도
였습니다.

그 간호사는 우리 집에 당도하자, 곧장 아버지에게 주
사를 찔러주었고 이틀분의 약을 주고는 왕진비도 받을
생각 없이 부리나케 달아나버렸습니다. 어머니는 내가
간호사를 여기까지 불러올 수 있었다는 대견스러움에
「이 원수야, 너도 쓸모가 있구나!」하면서 누런 이를 드

happy I couldn't stop laughing, the way those people do in those ads for athlete's foot cream. A sprawling field came into view. "Get ready to land!" my father yelled, raising his hand.

I opened my eyes. My father was shouting for water. Damn, that was a wonderful dream. I let my mother sleep and sneaked out to get him a half-gourd of water. He gazed at my face for some time before gulping it down.

He still couldn't get up the next day. Only a dried pollack could have come out fine after the beating he'd taken. But Mother and I couldn't just hang around watching his face puff up like a jaundiced carp. Somewhat guiltily, we went to work, my mom sorting out garbage and I going around with the cart to collect old junk and scrap metal. I was excited to be on my own. The thought of working independently thrilled me. Of course, I remembered to chant "I buy cider and Coke bottles and old enamelware!" while jangling a pair of scissors

러내고 웃었습니다. 나는 지랄같이 눈물이 핑 돌더군요. 아버지는 얼마 후 열이 내리기 시작하였고 혼곤히 잠에 빠져들더군요. 어머니와 나도 그 옆에 아무렇게나 꼬꾸라져 잠이 들었습니다.

그날 밤 나는 꿈을 꾸었습니다. 신나는 꿈이었지요. 우리 집인 마이크로버스 양 옆에 은빛 날개가 달려서 짙푸른 하늘을 기분 좋게 날아가고 있었습니다. 우리들의 비행기는 조종사도 없었지만 그렇게 쾌적하게 날 수가 없더군요. 시원하고 맑은 바람이 창으로 들어와 발가벗은 채인 우리 세 사람의 더운 몸을 식혀주었습니다. 아래로는 칙칙한 산과 바다가 이어져 왔다간 펼쳐져 지나갔습니다. 나는 기분이 좋아서 무좀약 선전 광고처럼 간지럽게 웃었습니다. 그때 초원이 펼쳐진 넓은 땅이 보이기 시작했습니다. 「착륙 준비잇!」 아버지가 손을 번쩍 들고 소리쳤습니다.

눈을 번쩍 뜨니 아버지가 물을 달라고 소리치고 있었습니다. 젠장, 좋다가 말았지요 뭐.

나는 어머니를 깨우지 않으려고 살금살금 기어 나가 물 반 바가지를 떠다 아버지께 드렸지요. 그는 내 얼굴을 한참 동안 유심히 쳐다보더니 꿀꺽꿀꺽 물을 마셔

to keep time, the way Father did. When they saw who was making the sound, women grumbling about their husbands looked at me in wonder. I could imagine them whispering that it looked like I'd gotten an early start in life. But in fact, they hadn't seen anything yet.

Around two o'clock, I stopped at the gate of a stately mansion. Clearly, someone rich lived there as it had a broad green lawn on the left and a garage. All the doors were shut except for those that opened to the wooden verandah. I spied a maid dozing on the floor. She must have been alone. How else would she dare sleep like that, her ugly legs the shade of dried codfish belly all splayed out? I hurried my cart inside and locked the gate behind me. I parked it right under the verandah, removed my iron rod, and poked the maid's belly. She must have had a feast; her belly made a sound like cowhide being pounded. Her appetite was probably bigger than mine. Slowly, she came to

댔습니다. 그러나 아버지는 그 이튿날도 털고 일어나진
못했습니다. 아마 아버지도 임자 바로 만났던가 보지
요. 자기가 마른 명태가 아닌 이상 그렇게 얻어터졌는
데도 아프고 저리지 않을 리 없겠지요. 그렇다고 우리
두 사람이 황달의 붕어 들여다보듯 아버지의 팅팅 부은
낯짝만 내려다보고 앉아 있을 수도 없겠으므로 마음에
걸리기는 하였습니다만, 어머니는 다시 선별 작업장으
로, 나는 리어카를 끌고 시내로 고물 장사를 떠났습니
다. 더군다나 나는 리어카를 혼자서 끌게 되었다는 사
실 때문에 조금은 흥분해 있었습니다. 나 혼자서 일을
벌일 수 있게 되었다는 건 여간 짜릿한 일이 아니었습
니다. 물론 나는 아버지처럼 가위를 절걱거리며 가락에
맞추어「사이다 병, 콜라 병, 헌 양재기 삽시다」하고 외
쳐대는 것이었습니다. 조그만 것이 그런 짓을 하고 다
니니까, 골목에 모여 서서 제 남편 흉이나 싸지르던 여
편네들이 신기한 듯 바라보곤 하더군요. 그 눈길에는
하나같이 너도 출세 일찍 하였구나, 하는 말씀들이 담
겨 있었는데 그것들이 아직 내 실력을 몰라서 그러고
있는 것이겠지요.

  오후 두시쯤 나는 아주 의젓한 어느 집 대문 앞에 멈

and looked at me in surprise. I lost no time putting the rod under her nose.

"Look lady, I'm a daytime burglar. You wanna live to see your grandchildren, right?"

She'd seemed unfazed at first, seeing my scrappy looks. But when I told her I was a daytime burglar, she gave an odd groan and rolled over like a rotten log, clutching her head. I prodded the back of her head a couple of times before getting to work. I loaded the cart with even the tiniest bits of metal that you could turn into scrap: an electric fan to the cookware drying on a rack, a mixer to a telephone.

The maid was still lying on the floor like a frozen pollack when I finished, but I threatened her for good measure as I left the damned house.

"My men are waiting outside so don't even think about screaming for help, bitch."

I raised my voice on that last part, when I said bitch, and I bet it scared her out of her wits. I don't know where I got the idea to say that, it just came out of my mouth. Anyway, they say Koreans have high IQ. I headed straight back home, ecstatic, as

추어 섰습니다. 제법 산다고 떵떵거리는 집구석으로 보이는 것은, 집을 왼편으로 돌면서 펼쳐진 푸른 잔디밭이 시원하였고 차고(車庫)도 보였기 때문입니다. 집 안의 문이란 문은 모조리 닫혀 있었고 마루의 문짝 두 개만 열려 있었는데, 바로 그 열린 문 사이로 식모가 네 활개를 쫙 벌리고 낮잠을 자고 있었습지요. 문을 열어놓은 채 식모가 자고 있다면 그 집구석엔 그 이외는 아무도 없다는 증거지요. 누구라도 있다면 식모 따위가 건방지고 도도하게 물 간 통대구 배같이 푸르딩딩한 두 다리를 쩍 벌리고 잠들 수 없다는 건 상식에 속하는 일이니까요. 나는 리어카를 끌고 얼른 그 집 안으로 들어가서 안쪽으로 대문을 걸어 잠갔습니다. 그리고 곧장 마루 앞까지 리어카를 끌고 가서 세운 다음, 쇠꼬챙이를 꺼내 들었습니다. 그리곤 쇠끝으로 단잠이 든 식모의 뱃구레를 툭툭 쳤습니다. 어찌나 많이 처먹었던지 뱃구레에서 소가죽 소리가 날 지경이었습니다. 그년도 아마 먹새는 나에게 뒤지지 않았던 게지요. 한참만에야 그년은 깜짝 놀라 일어나더니 나를 이윽히 바라보았습니다. 나는 여유를 두지 않고 쇠끝을 그년의 코앞에 바싹 갖다대고 말했습니다.

though I'd been magically transformed to Sun Wu-kong in Journey to the West.

As I recounted my adventure to my father on his sickbed, he got up all excited. "You're now my son, the son of Kang Doo-pyo! I'll kill you if you become someone else's son! I'm responsible for you from now on. Listen to me, do your best. The fate of our house is in your hands!"

But even chickens don't lay eggs every day. How many houses have maids stupid enough to sleep with the doors open in broad daylight? Every ten days or so, I'd be lucky enough to find one to break into.

Meanwhile my dear father Kang Doo-pyo wasn't showing any signs of improvement. It was probably something serious or it wouldn't have made dough out of a guy of his brawn. He started to lose weight instead of getting better. To make things worse, business started slowing down. Even if I worked like a horse, making the rounds of central Seoul,

「낮도둑놈이야. 알아둬, 오래 살고 싶지?」

처음에 그년은 내 몰골을 보고 심드렁한 낯짝이더니 내가 '낮도둑놈'이라고 말하자, 이상한 신음 소리를 뱉어내곤 금방 얼굴을 감싸 쥐더니 썩은 통나무이듯이 옆으로 나가 뒹굴었습니다. 나는 쇠끝으로 그년의 뒤통수를 두어 번 긁어준 다음, 지체 없이 일에 착수했습니다. 선풍기부터 찬장의 그릇들, 믹서, 전화기 할 것 없이 고철로서 가치가 있는 것이라면 사양 않고 리어카로 옮겨 실었습니다. 그때까지 식모는 겨울 동태처럼 바싹 얼어서 얌전하게 엎드려 있더군요. 나는 그 집구석을 나오면서, 「이년, 내 꼬붕들이 밖에서 사뭇 지켜볼 테니까, 고함 지를 요량 말고 사뭇 엎드려 있엇!」 하고 으름장을 놓았습니다. '이년' 할 때 나는 아랫배에 힘을 잔뜩 넣었지요. 그년 아마 10년은 감수했을 건 뻔하지요. 하긴 내 입에서 어쩌면 그렇게 기발한 공갈이 튀어나왔는지 모를 일이지요. 하긴 나 역시 아이큐 높다는 배달의 자손이긴 마찬가지니깐요. 나는 그길로 똑바로 집으로 돌아왔습니다. 나는 손오공이라도 된 듯 하늘을 날 기분이었지요.

집으로 돌아와서 그 사실을 누워 있는 아버지에게 낱

there was no way I could score better than when we worked together.

And if that wasn't enough, Mr. Choe, the yard supervisor, had started lurking around our place after my father had been bedridden for some twenty days. It was unsettling to see him sniffing around the minibus, turning his head from side to side like a rooster. The thought that he might try to have it dismantled sooner or later troubled me. The way he'd started smirking at me told me one day soon he was going to ask my mother to sleep with him again. I probably shouldn't say this but she must be good in bed for him to want her like that. Or maybe he was just that shameless, like a shaman asking for free rice, that far gone to lust for another man's woman.

Don't think it didn't occur to me to threaten him with my rod. Only, I knew people who lived off junk might as well be a different species. Like Alain Delon, they wouldn't so much as blink even if you pushed a gun right up into their nose. Going to prison was like going to the toilet for them. And

낱이 고해 바쳤습니다. 내 이야기를 상기된 얼굴로 다 듣고 난 아버지는 그때 뉘었던 자세를 후딱 일으키면서 말했습니다.

「넌 이제 내 아들이야. 이 강두표(姜斗杓)의 아들이라 구, 딴 놈의 아들이 됐다간 죽엇?」그리고 그는 덧붙이 기를「열심히 혀, 책임은 내가 져, 이 강두표가 진다구. 그래야 우리 집이 헐리지 않는 기여 임마, 그걸 알아야 혀」하더군요. 그러나 양계장에서 계란 쏟아지듯 날마 다 경기가 좋은 건 아니었습니다. 사실은 대낮에 문도 안 잠근 채 넉살 좋게 낮잠 자는 여자란 그리 흔한 일은 아니거든요. 나는 열흘에 한두 번씩 식모 혼자 있는 집 구석을 털곤 하였습니다.

나의 사랑하는 아버지 강두표 씨는 좀처럼 털고 일어 날 기미를 보이지 않았습니다. 영 골병이 진 모양이었 습니다. 그렇지 않고서야 그렇게 탄탄하던 사람이 밀가 루 반죽처럼 늘어질 수가 있겠습니까. 일어나는 건 고 사하고 그는 언제부턴가 비쩍비쩍 여위어가는 게 도대 체 심상치 않았습니다. 내가 하는 일도 그랬습니다. 빤 한 이치로, 서울 시가지를 노루처럼 뛴대도 내가 불가 사리가 아닌 바에야 아버지와 같이 다니던 때처럼 실적

among all these sort of people, Mr. Choe was the worst: he got sent to Seodaemun Prison every time.

The scar on his forehead said everything about the bloody life he'd led. Anyone who dared challenge him would end up beaten to a pulp, all of his limbs broken in the end. It'd be like taking your shirt off to fight a tiger if I picked a fight with him. I had no choice but to drag the cart to the city and bluff my way among those rubes.

One day, I was making my way back towards the cart, which I'd parked in the dump, after wolfing down a bowl of rice when I saw my mother come running to me. She was out of breath and she grabbed me by the collar. "Won-su, a policeman's been looking for you."

I had no clue what the police would want from me. "He's in the supervisor's office. He's looking for someone that looks just like you." She was still gasping for breath. I thought she might be delirious

이 오를 건 아니지요. 또 그것뿐이겠습니까? 아버지가
20여 일을 앓아눕자, 수납소의 최 주사란 자식이 우리
집에 심심찮게 나타나는 일이었습니다. 그가 수탉 모양
으로 고개를 갸우뚱거리며 집 주위를 이리 돌고 저리
돌아보는 꼬라지가 우리들을 몹시 심란하게 만드는 것
이었습니다. 조만간 우리 집을 헐어 버릴 심산이 아닌
가 싶었기 때문입니다. 그 자식이 낯반대기 실죽거리는
꼬락서니로 보아 아무래도 다시 한 번 그 자식을 따라
여인숙엘 가주어야 할 날이 가까워 오는 건지도 모르지
요. 그 자식이 우리 어머니를 끈질기게 탐욕하는 걸로
보아, 못 할 말이지만서도 우리 어머니도 어지간히 색
골인 모양이지요. 그러나 어찌 됐건 남의 여자를 탐내
다니, 최 주사란 놈이야말로 염치없기로는 무당 쌀자루
보다 몇 배 더한 놈이지요. 물론 내게도, 이 쇠꼬챙이로
그 자식을 위협할 수 있는 용기쯤이야 있습니다. 그러
나 이 폐품 집적소를 중심으로 살아가는 사람들은 여느
사람들과는 생판 다르니까요. 골통에 권총을 들이댄대
도 알랭 드롱처럼 눈썹 한 번 까딱하는 법이 없습니다.
빵깐에 드나들기를 생콩 먹은 놈 변소 드나들듯 하더군
요. 그중에서도 최 주사 같은 놈은 갔다 하면 서대문이

after having too much for breakfast.

Huh? Tell me what the hell happened," I said.

"What did I tell you? Didn't I warn you not to steal? Why did you have to go around stealing other people's bloody stuff? Don't you have any sense?"

"Bullshit, when did you ever tell me that? When? You just watched, never saying anything."

"Won-su, you bastard, just shut your mouth and go! Go through that hole in the fence over there." She was white as a sheet and stamped her feet.

"Damn it, stop worrying! Why are you so worried?"

I finally turned around to take a look at the office. A policeman was chatting with Mr. Choe in front of the supervisor's office beyond the waste dump. A current of electricity shot through me and I grinned. I felt alive. I crawled through the fence like a squirrel, holding on to the rod like it was some kind of talisman.

I spent the day roaming the city, wondering what happened after I left. Maybe they dragged Mother

니까요.

우선 마빡에 박 그어진 흉터만 보아도 그놈이 얼마나 계통 없게 살아왔던가를 알조였으니까요. 어느 누구도 그 앞에서 대거리했다간 졸가리 부러지는 변을 당하고 맙니다. 하물며 나 같은 거야 엉겨 붙는다는 건 호랑이 앞에 웃통 벗는 격이지요. 그러니까 난 그저 눈 딱 감고 리어카 밀고 시내 쪽으로 드나들 수밖에 더 있겠습니까. 그쪽엔 내 공갈이 먹혀가는 사람들이 너무나 많이 살고 있으니까요.

그날도 나는 마침, 밥 한 그릇을 목구멍에 이겨 넣고 저쪽 쓰레기 더미에 있던 리어카를 끌어낼 작정으로 어슬렁거리며 걸어가고 있었습니다. 나보다 한발 앞서 나갔던 어머니가 그때 어디서 헐레벌떡 내게로 뛰어왔습니다. 어머니는 불문곡직하고 내 멱살부터 조여 잡았습니다.

「이 원수 놈아, 이놈아, 널 잡으러 쇠파리가 찾아왔어!」

나는 이게 무슨 흰소린가 했습니다. 무엇 때문에 순경이 나를 잡으러 오느냐 이겁니다.

「저쪽 수납소에 이놈아, 쇠파리가 와서 너와 똑같은

or Father to the police station for a shakedown. We lived among the kind of people who cursed like it was going out of fashion and lost no time grabbing whatever hard object came to hand when we had to deal with our problems; but I knew my parents would never betray me.

At the same time, I was seized by anxiety that Seoul's entire police force might be scouring the city for me, so I stole up and down alleys like a mandarin fish darting among rocks. My spirits sank as the sun lowered. I was hungry. I had some money with me but, not knowing how things were at home, I didn't feel like I could even stomach a slice of bread.

I ate nothing all day. When it was completely dark, I slowly made my way home. It wasn't a white house on a hill or anything, but it was the only place in the world I could come home too. I looked around as I drew closer to the junkyard. It was quiet, the way it tends to be after a storm.

놈을 찾고 있어, 이놈아.」

어머니는 숨이 거의 턱에 걸려 있었지요. 나는 아침 잘 먹은 어머니가 갑자기 돌았나 싶을 정도였습니다.

「뭐라고? 싸게 주껴 봐.」

「이 원수 놈아, 그래 내가 뭐라든? 아예 도둑질은 하지 말랬잖어? 이 여우 새끼 같은 놈아, 도둑질은 지랄한다고 혀? 할 짓이 겨우 그것뿐이더냐?」

「씨이, 엄니가 원제 날 보구 도둑질 말랬어? 원제? 늘 가만 보구만 있어 놓구선.」

「이 원수 놈아, 넙죽거리고 섰지 말고 월런 토껴 버려, 저쪽 철조망 구멍으로 싸게, 이놈아.」

어머니는 거의 사색이 되어 발을 동동 굴렀습니다.

「씨이, 걱정 말어. 엄니가 왜 안달여?」

나는 그때서야 수납소 쪽을 힐끗 돌아다보았습니다, 쓰레기더미 너머로 보이는 수납소 문 앞엔 정말 순경 한 사람이 찾아와서 타조처럼 어깨를 쩍 벌리고 서서 최 주사 놈과 뭐라고 노가리를 까고 있었습지요. 나는 씩 웃었습니다. 이상하게 전신이 찌릿해 왔습니다. 이제 살맛이 난다 싶었습니다. 나는 다람쥐처럼 날쌔게 철조망을 기어 넘어 곧장 시내 쪽을 향하여 냅다 뛰기

There was no sign of the policeman who had come looking for me in the morning.

But I was in for a surprise. My ailing father was propped up outside the minibus instead of lying down inside it. Everything we had—some apple crates, filthy beddings, a few pieces of cookware— were scattered outside and both my mother and father were staring vacantly. I broke into a run and squirmed through the hole in the fence. My sudden appearance didn't seem to surprise them. In fact, they completely ignored me.

"Mom, what the hell happened?"

"Shut up, Won-su, you bastard!"

My face turned red. I'd spent the day wandering around with nothing in my belly and I needed to be comforted, not abused. This woman.

Then I saw a few workers in grimy, oil-stained clothes slip into the junkyard, whispering among themselves. They were dragging a cart, but it didn't have any scrap metal in it. Mr. Choe ran out of the office and exchanged a few words with them before bringing them to our mini bus. They took

시작하였습니다. 쇠꼬챙이를 든 채 말입니다. 이것 하나만 갖고 있으면 어딜 가도 먹고 살 수 있을 것 같았기 때문이지요.

나는 그날 하루를 시내 여기저기를 기웃거리면서 해를 보냈습니다. 집 사정이 매우 궁금하였습니다. 나 대신 아버지나 어머니가 파출소에 붙들려가서 직사하게 얻어터지고 있는 거나 아닌지 모를 일이기 때문입니다. 주둥이에서 말이 튀어나왔다 하면 욕뿐이고, 그 입에서 나온 욕설이 땅에 채 떨어지기 전에 아무거나 손에 잡히는 쇳조각으로 상대방의 도민증을 사악 그어버리기 일쑤인 사람들 틈에 끼여 사는 그들이지만 의리 하나는 살아 있어 내가 한 짓거리들을 그렇게 호락호락하게 불어버리진 않을 것입니다. 그러나 한편으로는 나를 잡기 위해서 온 서울 바닥에 순경들이 좍 깔려 있을지도 모른다는 불안도 엄습해왔습니다.

그래서 나는 쏘가리가 바위틈 기웃거리듯 이 골목 저 골목을 기웃거리며 다닐 수밖에 없었습니다. 해도 저물어가고 배도 고팠습니다.

서글퍼지더군요. 물론 주머니엔 얼마간의 돈도 있었지만 집 사정이 걱정되어 풀빵 한 개라도 목구멍에 넘

some wires from the machine in the cart and adjusted the machine connected to an oxygen tank. Mr. Choe grinned at us like an old cow. I looked away in disgust. The workers switched on the oxygen tank, which was shaped like a large fish. A long, thin ribbon of fire shot out from the tip of the long metal handle. They adjusted the flame and directed it to the area joining the wheel and the body of the minibus. They seemed intent on dismembering our house. The fine surface began to melt, and the part nearest the flame bulged and grew red like somebody's ass filled with pus before hardening again.

"Father, what's going on?" I ran over to where he was splayed out on the bedding, drained.

With a bitter smile on his gaunt face, he managed to say that our house was being demolished to be sent to the foundry. He said he couldn't do anything, though he wished he was able to collect more scrap metal in the city to buy more time. Yes, that would be the end of it, as people say. Our dream of refurbishing the minibus someday, and

어갈 것 같지가 않았습니다.

하루를 사그리 굶고 말았지요. 해가 완전히 지고 어둠이 깔려오기를 기다려 나는, 어슬렁어슬렁 집으로 발길을 돌려놓았습니다. '언덕 위의 하얀 집'은 아니더라도 내가 돌아갈 곳은 오직 거기뿐이었으니까요. 집 가까이에 당도하자 나는 둘레의 동정부터 살펴보았습니다. 태풍이 지나간 자리처럼 사위가 조용하더군요. 물론 아침에 나를 찾아왔던 순경의 쌍통도 보이지 않았습니다.

그런데 나는 한 가지 놀라운 사실을 발견하게 되었습니다. 분명 마이크로버스 안에 누워 낑낑 앓고 있어야할 아버지가 밖으로 쫓겨나와 있더란 말입니다. 몇 개의 사과 궤짝과 수채 냄새가 풍기는 요때기와 홑이불, 몇 개의 그릇들이 우리 재산의 전부였는데, 그걸 전부밖으로 옮겨놓고 아버지와 어머니가 바보처럼 앉아 있었던 것이었습니다. 뭔가 심상치 않다고 생각되었던 나는 황급히 철조망을 기어 넘어 두 사람에게로 뛰어들었습니다. 그들은 나의 출현에 조금도 놀라는 기색이 없었을 뿐 아니라 오히려 본체만체였습니다.

「엄니, 뭣 때문에?」

「시끄러워 이 원수야, 아가리 닥쳐!」

replacing its broken windows with tinted panes so we could drive it downtown real slow, was to be just that, a dream. Now, one wheel had come off entirely and the bus listed to one side, piping and squealing in the heat.

"Shit. Now we're homeless and I can't even spend some time with your mother," he smiled bitterly. "You get it, kid? You get what I'm saying? This KS-marked Prince-brand cock is useless now." He began to laugh.

His words didn't anger me as they might have, once. If anything, I admired him for standing his ground instead of handing my mother over to Mr. Choe even at the cost of our house. No doubt he would make good on his promise to bear him a son who'd become the world's greatest burglar. I was filled with awe and pride to have a man like this for a father. Somehow I knew we'd find a new place to live, wherever it might be. I took the rod from my pocket and hurled it as far into the distance as I could. The son of the man who was going to produce the world's greatest burglar didn't

어머니는 꽥 소리 질렀습니다. 참 곤조통 터지데요. 하루 종일을 굶고 헤매다 들어온 사람을 보고 위로의 말씀은 못 건네줄망정 당장 욕부터 퍼부어 대다니, 참으로 우리 어머니는 문교부 뒷길로도 못 다녀본 모양입니다.

　그때, 새까만 기름때가 덕지덕지 묻은 작업복을 걸친 인부들 몇 사람이 두런거리며 우리 집적소 안으로 들어서는 모습이 보였습니다. 그들 역시 리어카 같은 것을 끌고 있었는데, 그건 고철이 실린 리어카가 아니었습니다. 최 주사란 놈이 수납소에서 뛰어나가 그들과 한두 마디 건네는 눈치더니 그들을 곧장 우리 집 쪽으로 몰고 왔습니다. 그들은 우리 집 앞에 멈추어 서자 신고 온 리어카 속의 기계들에서 선을 뽑아내는가 하면 산소통에 부착된 기계들을 이리저리 돌려 조정도 하였습니다. 최 주사 놈이 우리들을 향해 늙은 소처럼 히쭉 웃었습니다. 쌍통 한번 더럽더군요. 인부들은 드디어 돌상어 몸통 같은 산소통에 스위치를 넣었습니다. 그들의 손에 들려 있던 긴 쇠붙이 끝에서 새파랗고 기다란 불길이 비정스러운 소리를 내면서 튕겨 나왔습니다. 그들은 다시 그 불길을 늘였다 오므렸다 하며 조절하더니 그것을

have any use for that sort of weapon to deal with Mr. Choe.

"You son of a bitch!" I screamed and rushed towards Mr. Choe like I was some kind of rabid dog, "Get over here, motherfucker!"

"Won-su, are you crazy, what are you doing? Do you want to die?" I hear my mother call. She tried in vain to block my way. Shit, I knew my mother was a coward to the very end.

Translated by Sohn Suk-joo

곧장 우리 집의 바퀴와 몸통 부분이 연이어진 곳에다 갖다 댔습니다. 우리 집을 병신으로 만들 작정인가 보았습니다. 자디잔 쇳조각이 사방으로 튕겨 달아나기 시작하면서 불길을 받은 부위가 종기로 팅팅 부은 엉덩잇살처럼 붉어지는가 했더니 드디어는 흐물흐물 녹아내리면서 찌들기 시작했습니다.

「저것들이 시방 뭘 하는 거여, 아버지?」

나는 요때기 위에 기진한 채 널브러져 있는 아버지를 보고 외쳤습니다. 그는 여윈 얼굴에 쓸쓸한 웃음기를 피워 올리면서 띄엄띄엄 말했습니다. 바야흐로 우리 집이 헐리게 되어 주물 공장으로 들어가야 한다는 것입니다. 자기로서는 이제 별 통수가 없다는 것입니다. 다만 그동안이라도 시내에 있는 고철들을 훨씬 많이 물어들이지 못한 것이 한이 될 뿐이라는군요. 끝장이 났다는 말은 이런 걸 두고 이르는 말이란 걸 알았습니다. 언젠가는 이 마이크로버스에 새 기름이 쳐지고 햇볕을 매섭게 반사하는 창문을 끼워 달고 서울 시가지 한복판을 향하여 부리나케 달려 나갈 수 있으리라던 우리들의 꿈도 역시 산산조각이 났다는 것을 깨달았습니다.

이제 한쪽 바퀴가 완전히 떨어져나가고 차체가 삐거

덕 소리를 내며 기울기 시작하였습니다.

「쌍, 우리는 시방부터 살 집도 없어졌고, 너 엄니와 흘
레도 못 붙게 되았어, 이젠, 이것아.」

아버지는 역시 쓸쓸한 웃음을 흘리면서 말을 이었습
니다.

「케이에스 렛데루 딱 붙은 이 왕자표 좆도 이젠 써먹
을 장소가 없어졌다구, 이놈아 흐흐.」

그러나 나는 실망하지 않았습니다. 우리 세 식구가 기
거할 집이 헐리는 것을 감수하면서까지 어머니를 음흉
한 최가 놈에게 넘겨주지 않았던 아버지가 아무래도 거
인으로 보였기 때문입니다. 아버지는 기어코 어머니로
하여금 자신이 바라던 대국도둑놈을 낳게 할 심산임에
틀림없었습니다. 나는 그런 아버지를 두었다는 사실에
감동하였고 또한 자랑스러웠지요. 까짓것, 그런 집 정
도야 이 세상 어느 모퉁이엔들 또 없겠습니까. 나는 그
때 주머니에 쑤셔넣었던 쇠꼬챙이를 꺼내서 저쪽 하늘
멀리멀리로 던져버렸습니다. 적어도 대국도둑놈을 낳
게 할 거인의 아들이 이따위 거추장스럽고 비겁한 것쯤
은 가지지 않아도 최가 하나쯤은 거뜬하게 때려누일 수
있다는 자신이 불끈 솟아올랐기 때문이지요.

「야 이 새캬, 이리 나오라구, 쌩!」

나는 이렇게 소리 지르며 최가 놈을 향해 사냥개처럼
달려나갔습니다.

「이 원수야, 너 오래 살고 싶엇?」

미처 나를 붙잡을 겨를이 없었던 어머니의 다급한 목
소리가 뒤에서 들려왔습니다. 니기미, 어머니는 끝장까
지 겁쟁이 노릇만 합니다.

해설

Afterword

아들이 진정으로 아버지에게 배운 것

이경재 (문학평론가)

김주영의 「도둑견습」은 '아이의 성장'과 '도시 빈민에 대한 관심'이라는 김주영 문학의 핵심적인 특징이 적절하게 결합된 작품이다. 첫 번째 문장인 "그 돼먹잖은 의붓아버지란 작자는, 초저녁부터 어머니와 홀레붙기를 잘하였습니다"에서 알 수 있듯이, 「도둑견습」은 부자(父子)관계를 기본적인 서사의 골격으로 삼고 있다.

의붓아버지는 도둑질로 살아가고 아들이 보는 앞에서 태연하게 어머니와 성관계를 갖는다. 이러한 아버지의 형상은, 아버지가 좋은 의미에서든 나쁜 의미에서든 권위의 화신으로 주로 등장하는 한국 현대문학사의 전통에 비추어 볼 때 무척이나 낯선 모습이다. 「도둑견습」

What the Son Really Learned from His Father

Lee Kyung-jae (literary critic)

Kim Joo-young's "Robbery Training" expertly combines Kim's two most essential motifs: growing-up and poor urban living. The basic narrative structure of this particular Kim Joo-young story focuses on the conflicted relationship between father and son as its first lines immediately make no attempt to hide: "My goddamn idiot of a stepfather couldn't even wait for the evening to mellow to get it on with my mother."

To be fair, the narrator's stepfather is no paragon of fatherhood or high character. The narrator's father is a petty thief who casually has sex with the narrator's mother directly in front of him. This fa-

의 아버지는 법으로서의 아버지(상징계의 아버지)나 이상적 상으로서의 아버지(상상계의 아버지)와는 거리가 먼 실재계의 아버지인 것이다. 이 아버지는 상징적 의미작용의 망으로는 포섭되지 않는 아버지이며, 기존 사회의 지배질서나 문화로부터는 완전히 동떨어진 존재라고 할 수 있다. 19문짜리 왕자표 흑고무신만한 성기가 유일한 자랑거리인 아버지는 대야나 양은 그릇 등을 도둑질해서는 반드시 고물로 만들어 판다. 이러한 모습 역시 아버지가 사회의 기본적인 작동 원리와는 거리가 먼 곳에 위치함을 분명하게 보여준다.

이 작품의 어머니 역시 상징적 아버지를 만들어 내거나 아들의 거울상으로 존재하는 보통의 어머니와는 다르다. 마치 섹스가 삶의 이유라도 되는 것처럼 아들 옆에서 스스럼없이 성관계를 맺거나, 아들에게 말을 할 때면 원수라는 아들의 "이름 석 자는 안 잊고 이원수라고 꼭꼭 불러주는 인정"을 보이기도 하는 것이다. 이처럼 「도둑견습」의 가족은 우리가 생각하는 정상적인 가족의 모습과는 거리가 한참 멀다. 이들은 폐품집적소의 마이크로버스라는 폐쇄된 곳에서 사는데, 이 공간 역시 사회와 완전히 단절된 이 가족의 성격을 잘 보여준다.

ther character is, then, an unusual one in modern Korean literature, where fathers usually appear more as embodiments of authority in either a good or bad sense. The father in "Robbery Training" is neither a father figure embodying law (the symbolic father) nor one representing some kind of ideal (the imaginary father); he is, instead, merely a real father. One cannot readily capture this father in the symbolic signification system. He is an individual completely separated from the existing social order and culture. The narrator's father's only claim to fame is his "king-size cock" like a "size-19 Prince rubber shoe" and his chief source of livelihood is his business of stealing perfectly good basins and cooking pots in order to paradoxically turn them into hulking scraps for purchase. In this and almost all of his basic behaviors, he is far from the basic operational rules of society.

The mother of this story is also quite different from ordinary mother figures who might normally complement the symbolic father or exists as a mirror to the son. When she casually engages in sex next to her son, she does it as if sex is her sole purpose for existing. She also refers to him by a name that one can possibly translate to enemy,

동시에 이 마이크로버스는 사회의 지배질서와는 거리가 먼 상상 속의 방주(方舟)라고 말할 수도 있다. 아들은 이곳이 옛날 대방동 꼭대기에서 살던 판잣집보다는 훨씬 낫다고 생각하는데, 이유는 마이크로버스가 집적소 안에 있어 퇴거령이다, 도시계획이다 해서 완장을 찬 구청직원들이 괴롭히는 일이 없기 때문이다.

처음 흑고무신만한 성기(性器)로만 존재하는 아버지를 향해 아들은 "새캬"와 같은 말을 스스럼없이 내뱉는다. 아들은 그 사람을 두고 어찌 "아버지라 이름할 수 있겠느냐"고 자신 있게 말하는 것이다. 그러나 시간이 지날수록 아버지는 아들을, 아들은 아버지를 점차 인정하는 관계로 둘의 사이는 발전한다. 아들이 시내버스에서 거짓말을 능숙하게 하며 구걸하는 모습을 보이자, 아버지는 아들을 크게 칭찬한다. 이에 감동받은 아들은 그날부터 왕자표 아저씨를 "아버지"라고 부르기로 결심하는 것이다. 자신을 대신해서 도둑질까지 성공하자, 아버지는 "넌 이제 내 아들이야. 이 강두표의 아들이라구, 딴 놈의 아들이 됐다간 죽엇?"이라는 말까지 한다.

아버지가 도둑질을 하다가 사내들에게 심하게 언어터져 일을 못하게 되자, 평소 망만 보던 아들은 아버지

calling him by his "good name, Lee Won-su."

In short, the family in this story cannot be further from what one might ordinarily call normal. The fact that this family lives in an old junkyard minibus also shows this family's isolation from society. At the same time, we can, perhaps, also envision this minibus as an imaginary ark adrift from the mainstream social order. This family feels that living in this bus is far more preferable to the shanty they formerly lived in on top of Daebang-dong. They find they no longer have to worry about lowly ward officials bedecked in armbands, putting on airs and barging into their homes to evict them.

In the beginning of the story, the son does not hesitate to curse at his father, a person that exists only as a king-size cock. He confidently protests, "How could I call a man like that Father?" However, as time goes on, their relationship develops into one where both acknowledge each other as father and son. The narrator's stepfather fairly glows with admiration when the son skillfully deceives passengers on a bus. Likewise, deeply moved by this acknowledgment, the son decides to call him "Father" from that point on. When the son succeeds in a scheme on his own apart from his father, the

를 대신해 도둑질에 나선다. 도둑질을 할 때마다 아들은 부적처럼 날카로운 "쇠꼬챙이"를 챙겨서 다니는데, 이 쇠꼬챙이는 뜻하지 않게 가장이 된 아들이 비로소 성인이 되었음을 상징하는 남근에 해당한다. "19문짜리 왕자표 흑고무신만한 아버지의 그것이 어머니에게 절대적으로 작용되듯이 내 19문짜리 길이만한 이 쇠끝이 많은 사람에게 공포를 준다는 흡족감"을 느끼는 것에서도 이를 확인할 수 있다. 그러나 기껏해야 버스 차장이나 식모를 위협하는 데 사용되는 이 쇠꼬챙이가 진정한 어른의 표상이 될 수는 없는 일이다.

마지막 순간 아버지는 흑고무신만한 성기만의 존재가 아니라 나름의 가치를 지향하는 존재라는 사실이 드러난다. 이 가족의 유일한 보금자리인 마이크로버스가 결국에는 해체되어 버리는데, 이것은 아버지가 현실 권력의 상징인 최가놈과 맞서 싸운 결과이다. 다 죽어가는 아버지는 세 식구가 기거할 집이 헐리는 것을 감수하면서까지 어머니를 최가놈에게 넘겨주지 않았던 것이다. 고물집적소의 최씨는 어머니를 성적으로 착취하는 대가로 이 가족이 마이크로버스에서 사는 것을 허락해왔다.

narrator's stepfather even says, "You're now my son, the son of Kang Doo-pyo!" But when the narrator's stepfather is unable to continue his crooked trade after getting caught and beaten, the son, mainly used to only keeping watch, takes on his stepfather's role as a petty burglar. The iron rod the son carries with him as he goes out to work then becomes a phallic symbol, marking the son's perceived transition into adulthood. This is further confirmed in the following statement: "It thrilled me that my iron rod could work the same miracle my father's extra-large dick had worked on my mother." However, this iron rod, successful only in threatening bus conductors or housemaids, never comes to truly symbolize adulthood.

In the end, it turns out that the father is not simply a individual represented nothing more than his prized, giant member—he reveals himself as an individual pursuing a certain value. When the minibus, the family's only home, is destroyed, this is the result of the father's fight against Choe, the symbol of real-life power. The ill father finally refuses to hand his wife over to Choe even when threatened with the destruction of their home. He does this despite the fact that Choe has only allowed the

아들은 기거할 집이 헐리는 것을 감수하면서까지 어머니를 최가놈에게 넘겨주지 않은 아버지를 "거인"으로 생각한다. 이 순간 아버지는 실재계의 아버지를 넘어서서 법과 언어의 구현자인 상징계적 아버지로서 전혀 손색없는 존재가 된 것이다. 아버지를 재발견한 아들은 쇠꼬챙이를 꺼내서 하늘 멀리 던져 버린다. 아들은 적어도 대국 도둑놈을 낳게 할 거인의 아들이 이따위 거 추장스럽고 비겁한 것쯤은 가지지 않아도 최가 하나쯤은 거뜬하게 때려누일 수 있다는 자신이 생겼기 때문이다. 이 쇠꼬챙이는 아버지라는 기호의 형상만을 닮아 있을 뿐, 그 기호가 담고 있는 의미까지는 담아내지 못한 하나의 사이비 남근이었던 것이다.

김주영의 「도둑견습」은 악동과 그 가족을 등장시켜 그들이 구현한 병리성을 집요하게 천착한다. 그러나 그 집요한 천착이 가닿는 곳은 그보다 더한 사회의 진정한 병리성이다. 그 병리성을 분명하게 의식할 때, 이 악동과 그가 살고 있는 가족의 병리성은 진정한 병리성을 비판적으로 바라볼 수 있는 거점으로서의 새로운 의미를 획득하게 된다. 이것은 아버지가 실재계의 아버지에

family to live in the minibus in exchange for sexual abusing the narrator's mother up till that point.

The son now sees the father, finally standing up for his wife's honor, as a kind of virtuous giant. In this very moment, the father becomes the symbolic father figure, the embodiment of law and language, a more elevated figure than the authentic one. After this rediscovery of his father, the son throws the iron rod far away. The narrator feels confident in his ability to beat Choe without a trifling, bothersome iron rod. The iron rod is nothing more than a pseudo-phallus resembling the symbol of the father, but ultimately signifying nothing.

Kim Joo-young's "Robbery Training" scrutinizes the pathology embodied in the male delinquent figure and their familial dynamics. This scrutiny leads us to social pathology far greater than a dissection of their familial pathology, though. We become clearly aware of this pathology and at that moment, the story acquires a new meaning as a base from which we can critically view the true pathology embodied in familial pathology. This process coincides with the process wherein the father transforms from the real to the symbolic father, and

서 상징계의 아버지로 그 위치를 변모해가는 과정과 병

행하며「도둑견습」의 독특한 미적 감동을 창출한다.

this, in turn, creates an aesthetic quality unique to "Robbery Training."

비평의 목소리

Critical Acclaim

김주영의 소설은 성장의 세계, 악동의 세계, 과부의 세계, 유랑인의 세계를 구조적으로 형상화하는 데 있어 그 누구보다 유감없는 장기를 발휘한다. 즉 작가는 사회의 중심부에서 소외된 국외인들인 배고픈 유년, 도시 빈민 악동, 과부, 유랑인을 묘사하는 데 있어 남다른 진전을 보여주는 것이다. 그는 그러한 국외인들의 묘사를 통해 다시금 '진솔한 인생'의 문제에 몰두한다.

양진오

김주영의 소설 주인공들은 대개가 가난한 사람들이며 도시 주변부에서 주변부의 삶을 사는 사람들이다.

Kim Joo-young has an exceptional skill to systematically depict the worlds of marginalized extremely well. In other words, he describes people such as hungry children, poor urban miscreants, widows, and wanderers. This is how he approaches "true life" problems.

Yang Jin-o

Kim Joo-young's protagonists are mostly poor and marginalized, often living in marginalized urban areas as well. Protagonists in his saga like *The Innkeeper* are also mostly lower class people or people from *jung'in* families, people the author seems to

『객주』와 같은 대하 장편소설에서도 주인공은 천민이거나 중인 출신들이 많고 작가가 애정을 쏟는 것도 이 사람들이다. 이들이 가진 자나 권력자들의 억압에 맞서 살아나가기 위해서 필요한 덕목이 바로 의리이다. 식민 통치를 받았고, 전쟁이 있었고, 정권이 독재를 감행했고, 그리고 천민자본주의가 팽창했던 한국 현대사 속에서 의리 이데올로기는 충분히 설명될 수 있다. 김주영 소설은 의리 이데올로기를 내세움으로써 동양적 전통의 웅자(雄姿)한 남성문학의 전통을 세워 놓았다.

하응백

김주영은 민중 중심의 역사관을 가지고 있다. 역사의 주체는 육신의 노동으로 재화를 생산하는 민중이라는 역사관은 70년대적 역사인식에 근거한 것임은 물론이다. 작가는 묻혀 사라져 가는 민중어를, 사전을 그리고 민중생활의 갈피갈피를 뒤져 찾아내 풍성하게 되살리고, 기록과 사람들의 흐릿한 기억 속에 흩어져 있는 단편적인 조각들을 엮어 당대의 풍속을 실감나게 재현해 냄으로써 이같은 역사관을 구체적 생활상 속에 생동하는 이념으로 육화시키고 있다.

김윤식

care about dearly. An essential virtue required of them in order to survive their oppression by the powerful is nothing other than their sense of honor. We can understand this ideology of honor easily in the context of Korea's modern history of colonial rule, war, dictatorship, and pariah capitalism. By foregrounding this ideology of honor, Kim Joo-young's fiction establishes a gallant male Asian literary tradition.

Ha Eung-baek

Kim Joo-young views history from an ordinary people's perspective. This view that evaluates the working class as historical subjects is grounded in the historical views of the 1970s. In order to revive these very subjects Kim searched every page of every dictionary and of countless people's lives for the disappearing vocabulary of the time, eventually realistically representing historical manners and customs by piecing together fragments scattered in records and vague memories. This is how he embodies his views on history in concrete details of people's lives.

Kim Yun-sik

김주영

김주영은 1939년 1월 26일 경북 청송군 진보면 월전
리에서 김해윤의 아들로 태어났다. 고향에서 진보초등
학교를 마친 후 중학교와 고등학교 진학을 위해 대구로
올라갔다. 이후 문학에 대한 열망으로 1959년 서라벌예
술대학에 진학한다. 오랜 동안 안동에 있는 엽연초생산
조합에서 일하다가, 비교적 늦은 나이에 「여름사냥」(《월
간문학》, 1970년), 「휴면기」(《월간문학》, 1971년)를 발표하며
등단하였다. 1976년 상경할 때까지 안동에서 살았고,
상경 이후에는 이문구, 김원일, 정규웅, 이근배 등과 교
유하면서 주변인들에 대한 관심이 가득한 문학작품을
맹렬하게 창작하였다. 1979년에는 작가에게 기념비적
인 작품이라 할 수 있는 대하역사소설 『객주』를 《서울신
문》에 연재하기 시작한다. 보부상들을 중심으로 구한말
의 격동기를 다룬 이 작품은 1981년 창작과비평사에서
전 9권으로 출간되었다. 김주영의 작품세계는 크게 세
가지로 나뉜다. 『객주』류의 대하역사소설인 『활빈도』
『야정』『화척』등이 한 부류를 이루고, 다음으로 『고기잡

Kim Joo-young

Born in Woljeon-ri, Jinbo-myeonm, Cheong-song-gun, Gyeongsangbuk-do in 1939, Kim Joo-young moved to Daegu for his middle and high school education after finishing Jinbo Elementary School in his home village. After dreaming of becoming a writer, he entered Sorabol College of Art (now merged with Chungang University) in 1959. After working for a long time at the Korea Tobacco Growers Organization, he made his literary debut in the early 1970s when his short stories "Summer Hunting" and "Diapause" were published in *Wolgan Munhak* [Literature Monthly] in 1970 and 1971 respectively.

In 1976 he moved from Andong to Seoul and began actively producing short stories and novels that dealt with marginalized people all while associating with writers such as Yi Mun-gu, Kim Won-il, Jeong Gyu-ung, and Yi Geun-bae. In 1979, he began writing *the Seoul Shinmun* serialized—*The Innkeeper*, a monumental saga that dealt with the transitional period from Joseon dynasty to Japanese colonial

이는 갈대를 꺾지 않는다』나『홍어』와 같은 어린 시절의
체험을 다룬 소설들이 한 부류를 이루며, 마지막으로
「외촌장 기행」이나「도둑견습」처럼 현대사회의 주요한
문제들을 다룬 작품들이 있다. 그의 작품세계는 방랑을
주요한 모티프로 다루며, 힘 있는 자들의 불의에 맞서
는 주변부 인간들의 의리 넘치는 모습을 주로 다루고는
한다. 1982년 제8회 소설문학상, 1984년 제1회 유주현
문학상, 1993년 제25회 대한민국문화예술상, 1996년 제
8회 이산문학상, 1998년 제6회 대산문학상, 2002년 제5
회 동리문학상, 2007년 제1회 가천환경문학상을 수상
하였다. 2013년에는 10권을 보태 자신의 대표작『객주』
를 완간하였다.

period. After its serialization, *The Innkeeper* was published as a nine-volume novel by Changbi Publishers in 1981.

Kim's fictional world is roughly divided into three categories. The first category is his historical sagas such as *The Innkeeper, The Codes of Righteous Banditry* (Hwalbindo), *Yajeong*, and *The Butchers* (Hwacheok). The second is his stories that draw upon his childhood experiences like *Stingray* and *A Fisherman Does Not Break a Reed*. Finally, Kim's third major body of writing includes works that deal with the problems of modern society such as *Robbery Training* and *Journey to Oichonjang*. Additionally, many of his works use wandering as a major motif and he often vividly depicts the honorable actions of marginalized people. His honors include the 1982 Soseol Munhak Award, the 1984 Yu Ju-hyeon Literary Award, the 1993 Republic of Korea Culture and Arts Award, the 1996 Isan Literary Award, the 1998 Daesan Literary Award, the 2002 Dongri Literary Award, and the 2007 Gacheon environment Literary Award. His major work *The Innkeeper* was published as a ten-volume novel in 2013.

번역 **손석주** Translated by Sohn Suk-joo

손석주는 《코리아타임즈》와 《연합뉴스》에서 기자로 일했다. 제34회 한국현대문학 번역상과 제4회 한국문학번역신인상을 받았으며, 2007년 대산문화재단 한국문학 번역지원금을 수혜했다. 호주 시드니대학교에서 포스트식민지 영문학 연구로 박사 학위를 받았으며 미국 하버드대학교 세계문학연구소(IWL) 등에서 수학했다. 현재 동아대학교 교양교육원 조교수로 재직 중이다. 인도계 작가들 연구로 논문들을 발표했으며 주요 역서로는 로힌턴 미스트리의 장편소설 『적절한 균형』과 『그토록 먼 여행』, 그리고 전상국, 김인숙, 김원일, 신상웅, 김하기 등 다수의 한국 작가 작품을 영역했다. 계간지, 잡지 등에 단편소설, 에세이, 논문 등을 60편 넘게 번역 출판했다.

Sohn Suk-joo, a former journalist for *the Korea Times* and *Yonhap News Agency*, received his Ph.D. degree in postcolonial literature from the University of Sydney and completed a research program at the Institute for World Literature (IWL) at Harvard University in 2013. He won a Korean Modern Literature Translation Award in 2003. In 2005, he won the 4th Korean Literature Translation Award for New Translators sponsored by the Literature Translation Institute of Korea. He won a grant for literary translation from the Daesan Cultural Foundation in 2007. His translations include Rohinton Mistry's novels into the Korean language, as well as more than 60 pieces of short stories, essays, and articles for literary magazines and other publications.

감수 **전승희, 데이비드 윌리엄 홍**
Edited by Jeon Seung-hee and David William Hong

전승희는 서울대학교와 하버드대학교에서 영문학과 비교문학으로 박사 학위를 받았으며, 현재 하버드대학교 한국학 연구소의 연구원으로 재직하며 아시아 문예 계간지 《ASIA》 편집위원으로 활동 중이다. 현대 한국문학 및 세계문학을 다룬 논문을 다수 발표했으며, 바흐친의 『장편소설과 민중언어』, 제인 오스틴의 『오만과 편견』 등을 공역했다. 1988년 한국여성연구소의 창립과 《여성과 사회》의 창간에 참여했고, 2002년부터 보스턴 지역 피학대 여성을 위한 단체인 '트랜지션하우스' 운영에 참여해 왔다. 2006년 하버드대학교 한국학 연구소에서 '한국 현대사와 기억'을 주제로 한 워크숍을 주관했다.

Jeon Seung-hee is a member of the Editorial Board of *ASIA*, and a Fellow at the Korea Institute, Harvard University. She received a Ph.D. in English Literature from Seoul National University and a Ph.D. in Comparative Literature from Harvard University. She has presented and published numerous papers on modern Korean and world literature. She is also a co-translator of Mikhail Bakhtin's *Novel and the People's Culture* and Jane Austen's *Pride and Prejudice*. She is a founding member of the Korean Women's Studies Institute and of the biannual Women's Studies' journal *Women and Society* (1988), and she has been working at 'Transition House,' the first and oldest shelter for battered women in New England. She organized a workshop entitled "The Politics of Memory in Modern Korea" at the Korea Institute, Harvard University, in 2006. She also served as an advising committee member for the Asia-Africa Literature Festival in 2007 and for the POSCO Asian Literature Forum in 2008.

데이비드 윌리엄 홍은 미국 일리노이주 시카고에서 태어났다. 일리노이대학교에서 영문학을, 뉴욕대학교에서 영어교육을 공부했다. 지난 2년간 서울에 거주하면서 처음으로 한국인과 아시아계 미국인 문학에 깊이 몰두할 기회를 가졌다. 현재 뉴욕에서 거주하며 강의와 저술 활동을 한다.

David William Hong was born in 1986 in Chicago, Illinois. He studied English Literature at the University of Illinois and English Education at New York University. For the past two years, he lived in Seoul, South Korea, where he was able to immerse himself in Korean and Asian-American literature for the first time. Currently, he lives in New York City, teaching and writing.

바이링궐 에디션 한국 대표 소설 061
도둑견습

2014년 6월 6일 초판 1쇄 인쇄 | 2014년 6월 13일 초판 1쇄 발행

지은이 김주영 | 옮긴이 손석주 | 펴낸이 김재범
감수 전승희, 데이비드 윌리엄 홍 | 기획 정은경, 전성태, 이경재
편집 정수인, 이은혜 | 관리 박신영 | 디자인 이춘희
펴낸곳 (주)아시아 | 출판등록 2006년 1월 27일 제406-2006-000004호
주소 서울특별시 동작구 서달로 161-1(흑석동 100-16)
전화 02.821.5055 | 팩스 02.821.5057 | 홈페이지 www.bookasia.org
ISBN 979-11-5662-018-1 (set) | 979-11-5662-025-9 (04810)
값은 뒤표지에 있습니다.

Bi-lingual Edition Modern Korean Literature 061
Robbery Training

Written by Kim Joo-young I **Translated by** Sohn Suk-joo
Published by Asia Publishers I 161-1, Seodal-ro, Dongjak-gu, Seoul, Korea
Homepage Address www.bookasia.org I **Tel**. (822).821.5055 I **Fax**. (822).821.5057
First published in Korea by Asia Publishers 2014
ISBN 979-11-5662-018-1 (set) | 979-11-5662-025-9 (04810)

〈바이링궐 에디션 한국 대표 소설〉 작품 목록(1~60)

아시아는 지난 반세기 동안 한국에서 나온 가장 중요하고 첨예한 문제의식을 가진 작가들의 작품들을 선별하여 총 105권의 시리즈를 기획하였다. 하버드 한국학 연구원 및 세계 각국의 우수한 번역진들이 참여하여 외국인들이 읽어도 어색함이 느껴지지 않는 손색없는 번역으로 인정받았다. 이 시리즈는 세계인들에게 문학 한류의 지속적인 힘과 가능성을 입증하는 전집이 될 것이다.

바이링궐 에디션 한국 대표 소설 set 1

분단 Division

01 병신과 머저리-**이청준** The Wounded-**Yi Cheong-jun**

02 어둠의 혼-**김원일** Soul of Darkness-**Kim Won-il**

03 순이삼촌-**현기영** Sun-i Samch'on-**Hyun Ki-young**

04 엄마의 말뚝 1-**박완서** Mother's Stake I-**Park Wan-suh**

05 유형의 땅-**조정래** The Land of the Banished-**Jo Jung-rae**

산업화 Industrialization

06 무진기행-**김승옥** Record of a Journey to Mujin-**Kim Seung-ok**

07 삼포 가는 길-**황석영** The Road to Sampo-**Hwang Sok-yong**

08 아홉 켤레의 구두로 남은 사내-**윤흥길** The Man Who Was Left as Nine Pairs of Shoes-**Yun Heung-gil**

09 돌아온 우리의 친구-**신상웅** Our Friend's Homecoming-**Shin Sang-ung**

10 원미동 시인-**양귀자** The Poet of Wŏnmi-dong-**Yang Kwi-ja**

여성 Women

11 중국인 거리-**오정희** Chinatown-**Oh Jung-hee**

12 풍금이 있던 자리-**신경숙** The Place Where the Harmonium Was-**Shin Kyung-sook**

13 하나코는 없다-**최윤** The Last of Hanak'o-**Ch'oe Yun**

14 인간에 대한 예의-**공지영** Human Decency-**Gong Ji-young**

15 빈처-**은희경** Poor Man's Wife-**Eun Hee-kyung**

바이링궐 에디션 한국 대표 소설 set 2

자유 Liberty

16 필론의 돼지-**이문열** Pilon's Pig-**Yi Mun-yol**

17 슬로우 불릿-**이대환** Slow Bullet-**Lee Dae-hwan**

18 직선과 독가스-**임철우** Straight Lines and Poison Gas-**Lim Chul-woo**

19 깃발-**홍희담** The Flag-**Hong Hee-dam**

20 새벽 출정-**방현석** Off to Battle at Dawn-**Bang Hyeon-seok**

바이링궐 에디션 한국 대표 소설 set 4